三月騷動

心水 著

南溟出版基金

莊子《逍遙游》

鵬之徙於南溟也，水激三千里，摶扶搖而上者九萬里。

南溟出版基金之創立是為了紀念蕭宗謀先生。
蕭先生任世界書局總經理多年，對台灣出版界貢獻良多，
曾因領導出版《永樂大典》流失於海外的珍貴佚文
而獲金鼎獎，臨終得見《四庫薈要》面世，含笑九泉。

本基金以資助澳洲華文作家出版其作品為宗旨。
凡在澳洲以華文寫作者，均可申請。
特此鳴謝南溟出版基金資助本書出版。

萬里外失群的孤雁

——序心水詩集《三月騷動》

林煥彰

　　我用了整整兩天的時間，讀詩人心水這本即將出版的詩集《三月騷動》；這是一部內容豐富的詩集。

　　詩人心水，他將二十年來創作近三百篇詩作中，編選出一百五十篇，應徵「南暝基金會」徵稿，獲得獎助出版，值得恭喜。恭喜詩人辛勤耕耘創作的詩篇，有機會印行面世，與同好分享；也恭喜「南暝基金會」在海外鼓勵華人從事華文文學創作，做出具體的貢獻。

　　《三月騷動》共分八輯：輯一山水、輯二歲月、輯三親情、輯四花鳥、輯五時事、輯六紅塵、輯七漢俳、輯八江湖。從分輯輯名來看，就知道作者寫詩的用心，關懷面廣闊，題材多樣，表現體裁也多元。

　　在這部作品中，我最喜歡他第三輯「親情」；這部分作品，包含為父母、妻子和內外孫所寫的詩篇，不僅看出他的真情流露，還看到他的詩情洋溢、詩藝的功力；尤其為母親所寫的每一篇詩作，都值得細細品味。心水是位感情豐沛、真摯、浪漫的詩人，有這些佳作是很自然的；親情的珍貴，也由此可見。

　　我想不惜篇幅，引幾首先和讀者分享：

仲冬祭慈母

歐洲年年七月酷熱時
卻是墨爾本仲冬時節
天空瀰漫著冷冷的霧靄
情難自禁總憶起那年飄飛白雪

雪中母子相擁飲泣著斷腸分手
我在車中頻頻回首
滿眼淚花仿若窗外雪絮
剎那竟已是二十三年前往事

無法在腦海裏刪除的記憶
夢境苦苦纏繞　總念著
要再往德國杜鵑花城掃墓
還未起程　七月就又匆匆來臨了

遙祭母忘靈前稟告
成群兒孫的種種生活趣事
供拜水果紅燭清香
慎終追遠好讓子孫們永遠銘記

您慈祥遺照洋溢著淡淡笑意
安靜寧祥的在極樂世界享福
每年七月都要飄洋過海
前來領受子孫曾孫們的虔誠叩拜

敬愛的媽媽　魂兮歸來吧
我在墨爾本冷冷的仲冬裏
思您想您追憶您懷念您遙祭您
嗚呼魂兮歸來　安息吧媽媽

2008年7月仲冬先母辭世二十三週年忌辰

　　這是作者在母親逝世後所的一首悼念詩，從詩中可以了解
詩人與母親在二十三年前、德國揮別之後，不幸就成天人永隔的
思親種種及人生的諸多無奈！在這二十三年中，作者為母所寫追
思悼念的詩作，不只一首，收在這部詩集裡，從1993年2月起至
2008年7月，母親辭世二十三週年忌辰為止，共寫有：〈母親的
墓碑〉、〈母親節飄飛的賀卡〉、〈風鈴聲〉、〈掃墓有感〉、
〈母親的微笑〉和這首〈仲冬祭慈母〉等六首，其孝行、孝思的
真情，都不言而喻。詩人的母親葬身在德國一個小鎮，叫杜鵑花
城；名字雖美，畢竟屬於異域！何況詩人漂泊，客居遠在澳洲墨
爾本，相距兩萬八千多公里，是多孤苦伶丁的！讀他〈母親的墓

碑〉，我們就更能體會他思親的悲苦、哀傷，和她們母子浪跡天涯的身世，不禁為之落淚！

母親的墓碑

烏黑着臉的大理石
不方不圓，冷冷的屹立
在千塊洋文碑林裏
獨獨您孤零零的引頸
用東方那張容顏
憔悴企盼，不單幽魂們
難明，陽界過客也沒法
猜測：「先慈母之墓」
無姓無名，誰會知悉從福建同安
去國之少女半生浪跡越南
相夫教子演完賢妻良母角色
晚年逃難德國而埋骨異鄉
懂方塊字的弔者才明白
泣立碑石的孝男是黃家昆仲
玉液、玉湖、玉淵這三個名字
是您的骨您的肉您的榮耀
是您的延續您的生命您的歡笑

過了七個飄雪的寒冬

我才初次跪在雪地裡輕輕

擁抱您，啊！這麼一塊不圓不方

竟然又硬又黑的石頭

怎的溫柔如水，雪花也慈祥的

像您當年摟我抱我的雙手，冷風中

碑石顯現您那似有還無的微笑

1993年2月8日於墨爾本

　　作者原來從小就隨父母由福建同安移居越南，沒想到南北越戰爭時，他們成為難民，父母便隨著他們三個兄弟分居歐、澳兩洲，從此天各一方，成為思親的缺憾與悲苦的最大根源！〈母親的墓碑〉是多麼具體刻畫了他們、一家兩代人的悲愴！

　　再讀他〈母親節飄飛的賀卡〉：

清明那天心情鬱鬱

萬里外孤塋碑石的方塊字（註）

鏤刻的人名冷冷傳至

掃墓踏青彷彿短程旅行

我是迷途離隊的異鄉客

尋不到那片餵飽焦點的風景

徬徨中被拉扯進五月

母親節氣氛已處處渲染

卡片堆裡細細挑選

才驟然憶及您瘦立雪花中

枯柴之手含淚揮別

永訣九年，總難接收陰界訊息

在天下人子歡樂度節時

望您遺照含笑的眼眸

燃心香代鮮花

用濃濃的思念替代禮物

把酒仰視茫茫空宇

深秋飄舞的落葉都是我寄發的賀卡

1994年母親節前於墨爾本

每年五月「母親節」，本是天下人子歡樂度節時，但詩人思親，他又情不自禁的寫了這首，也是感人肺腑、追念母親的詩篇，讓人讀之也不禁泫然！

註：五月，為墨爾本深秋時節，先慈埋骨德國北部杜鵑花城。

風鈴聲——先母九週年忌

鳥鳴從八方奔湧而至

在微曦的薄光裏

我睡意朦朧中彷彿聽聞

一串清脆悅耳的鈴聲

正與眾鳥和奏，我震撼的靈魂

被誘惑著走入庭園

前後尋尋覓覓，驚飛樹上群鳥

而鈴聲還是隱約斷續的流瀉

猶如您幽怨的眼色

要訴說未及表達的心事

霜寒露冷的冬晨，我驟然想起

竟已是七月，難怪這陣子

我看來滿懷愁緒哀思

風鈴就像生命，需要呼吸

今早必定是您猛搖著我的心

盈耳那片起落叮噹的鈴聲

才會在我夢裏聲聲傳來

1994年7月9日於墨爾本

補誌：先慈逝世九週年，埋骨德國、與澳洲相距二萬八千公里；七月忌辰，不
孝未能赴德掃墓拜祭，哀念成詩。

在浪跡天涯，思念母親的時節，風鈴和風鈴聲，自然都化身為作者漂泊孤淒身影的形象，和母親生前訴說未盡的叮嚀。只有情真的親情，才能如此源源不絕的湧現豐沛的詩思，不是你想寫就能渴求得到；是哀思逾恆才能獲得。

掃墓有感

朵朵康乃馨蘊藏

我整整十年的思念

天涯遊子不論清明重陽

也尋覓也踏青

澳洲的墳地墓園，卻找不到

那塊熟悉的碑石

唯有悵然北望，燃點炷炷心香

我是萬里外失群的孤雁

振翼悲鳴情懷濃濃

托寄白雲清風

今朝持花踩雪

涉足茫茫冰地碑林裡

您早已引頸含笑展顏

母子重逢千語萬言

陰陽界旁有話難說

零下酷寒氣溫，冷凍地底

慈親竟一睡十載

長眠中是否夢見

我已攜婦前來獻花拜祭

康乃馨鮮紅怒放

彷彿是您慈祥的微笑

跫音像聲聲叮嚀，回首望

您仍立於雪花飄飛中依依招手

1995年12月30日德國旅次

　　兩萬八千公里的越洋遠航飛行，前往異國掃墓，是一而
再、再而三的孝行，值得讚揚。我很敬佩詩人的孝思和孝行，而
且能寫成篇篇好詩；有孝思，有孝行，就有好報。因此，我也為
詩人慶賀，他擁有一個美滿幸福的家庭，有一位賢淑的妻子，
有上進又孝順的子女、媳婿，還有可愛、聰慧的內外孫；和樂
融融。

　　詩人心水，他是我交流三、四十年的詩友，是旅居澳洲墨
爾本，原屬越南華僑詩人。我們的相識，最早建立在他還住在越
南的時期，因為詩的原故；第一次見面，應該是魚雁中斷之後
多年，好像是在泰國召開的「亞洲華文作家會議」；至今，我們
見面的機會仍然只有數回，大都在文學會議上，平時聯繫不多，

他能常常想起我，是有緣的；那得說到：一次意外的「隔空」交會。那是他歷經越南淪陷後，不幸成為難民，顛沛流離，在世界各地漂泊；到了美國，他投稿給美國《世界日報》副刊。當時，我負責編務，專責看稿，無意中發現署名「心水」的稿件，馬上喚起我對多年前失聯的越華詩友心水的聯想：是他嗎？我即時寫了一封航空信，問他是否從越南逃出來的？回信很快就寄來！果然就是他。從此我們恢復信件聯繫和詩文交流。

就是緣份吧！因此，我很高興為他離開越南，在人生重大轉折之後，仍三十年如一日，孜孜不倦的寫詩、出版這本珍貴的詩集寫序，感到很榮幸。

2011年3月1日下午4點50分新北市汐止‧研究苑

回歸安寧：對生命體驗的頓悟與剖析？

——心水的《三月騷動》

李國七

　　開始認識心水，不是因為他的詩歌，而是他的兩部長篇小說《沉城驚夢》（1988）、《怒海驚魂》（1994）。後來，在報章上陸陸續續看到他的散文、雜文、詩歌等。從通過文字交往衍生的嚮往，然後，終於有機會與文字背後的人面對面。

　　更後來，陸陸續續看到他的詩集《溫柔》（1992）、散文集《我用寫作驅魔》（1995）、微型小說《養螞蟻的女人》（1997）、《溫柔的春風》（2000）等。他讓我仰慕並且敬畏的，不止是他多產的堅持與執著，而是他的手，寫的就是他的生命版圖，一路走來的點點滴滴。一些是眼睛攝下的風景，另一些是心靈捕捉的感慨與感觸，組成他豐富的靈感湧泉。

　　早期「投奔怒海」、為未來的未知數的忐忑不安，他的文字是情感的發洩與吐訴，行文在跳躍、奔放、直接而張揚。而通過《三月騷動》，詩人仍然是詩人，不過，字行裏體現的，卻是另一種境界。從輯一的「山水」、輯二的「歲月」、輯三的「親情」、輯四的「花鳥」、輯五的「時事」、輯六的「紅塵」、輯七的「漢俳」，一直到輯八的「江湖」，主題與內容雖然多樣

化，不過，細讀詩句，感覺每一行文字，都是沉靜而安詳的聲音。若是以英文來形容，就是a silence voice。心水似乎在應用他的第三只眼吸取生命中燦爛、不平或瑰麗的顏色，通過文字的組成，沉靜安詳的訴說他的體驗。

第一輯「山水」，主要是在記錄一幅旅遊的風景畫。若說是旅程的備忘錄，心水錄下的，已經不只是景，而是心。比如〈小城徘徊〉帖二Tooradin裏邊，從前兩句「妖魔似的藍誘惑招手／海洋呼聲遙遙傳至／相距咫尺，在靜靜沉睡的長街／難覓港灣姿影」，轉向最後兩句「荒涼和孤獨湧襲／匆匆讓逃亡的感覺照進望後鏡」，我看到了景與感覺的對比與對峙。這種不管有心或無意經營的效果，體現出來的，就是詩人無限的想像力與情感的細膩，一種在美麗中帶出的不經意哀傷感，類似一種melancholy的境界。

這一輯，從澳洲到臺北，人文空間跨越中西文化，旅途中的景物與人文自然也各有特徵與特性。唯一不變的，大概就是詩人善感而細膩的心。

進入第二輯的「歲月」，我看到在流淌時間河流裏的深刻頓悟與感受。每一幅不同季節的面容，詩人都有不同的感觸與感想。當中，秋是詩人最愛採用的季節場景。雖然用〈三月騷動〉，但，穿插著秋的強烈顏色感，比如詩裏：「焦黃乾枯彎曲弓背的一片楓葉／孤獨陳屍圖書館前／我驟然踩踏，三月初秋的／第一聲驚呼，響自腳底呻吟／竟是生命最後吶喊」，寫的是秋

色，不過，卻結合了生命在時間流逝中企圖挽回一些殘存生命力的堅持與掙扎。就像我早前說的，儘管如此，字行裏流露出來的，還是一種沉靜的聲音。

此外，〈深秋感懷〉也好，〈秋之舞〉也罷，表示出來的，全是一系列人在時間與季節當中流竄的了悟與了然。

第三輯「親情」裏邊，從〈疊翁喜樂〉、〈幸福的天使〉、〈離愁〉等詩裏頭，我看到的不捨、哀愁等情緒，負面只是表像，更深一層去看，其實是幸福的完整版圖。這種組成人類社會最基礎的本色，本來就是不管是不滿、哀傷、哀愁等情緒到了最後，顯示出來的，還是血濃於水的厚重親情。

細讀心水這一輯裏邊的詩歌，我感受到的，更多是溫馨與溫暖，那種只有回歸傳統、回歸人類本質傳承親情才有的圓滿畫面。比如〈眼色〉裏的「人生的許多無奈／過早的已在你心中瀰漫／離去時你的眼色／總像忽襲而至的驟雨／意外的將我一身淋濕／你依依眼色讓我牽腸掛肚／還在途中經已對你思念細細計算幾天才能再見」，記錄了親情牽扯出來的、歡愉中帶著淡淡哀慟的情感。現代社會中的諸多無奈，作為長輩的或小輩的，真的能夠打破隔膜，拉近那道因為討生活需要而必須建立起來的鴻溝嗎？

看這首詩，我在看，年輕的小孩可能不會理解，但，擁有了子女，子女長大再繁衍下一代的爺爺奶奶輩，一定有同感。

這一輯，還有比如〈仲冬祭慈母〉、〈母親的微笑〉等詩，寫的，也是親情。不過，從一個爺爺或者父親的身份，轉換

成了兒子。看了這些詩歌，我在想，人，對上一輩最有感覺，並且懂得感恩、感激的時刻，應該是為人父、為人爺的時刻了。在生命的漫長旅途中，也最有當我們近乎完成一個圓圈make a full cycle，我才會深深體會到親情的奧秘與奧妙。

第四輯的「花鳥」，說的是花鳥，但，也何嘗不能說是生活的頓悟與感觸呢？比如〈鳥之眼〉中的「是你小小的眼睛／盈溢那點點滴滴恐懼／讓我憂傷而驚慌失措……／面對你脆弱生命在冬夜裡／掙扎／我徬徨的心被抽打／輕輕抱你遠離冷冰草地／忍不住細心讀你。」對大自然、對弱者、對不幸遭遇者的不平與憐憫，那是詩人憨厚並且易感的心呀！

在輯五「時事」裏，詩人的視野從個人、身邊微小的動植物，開始轉向世事。比如〈科索沃危機〉裏邊的「沖天紅光不是節日煙花／悶雷聲由遠而近，驚醒／熟睡中的孩子們／母親罩著烏雲的臉惶恐如黑夜」以及破鞋隊伍越嶺穿山／難民們扶老將雛，默默趕路／逃向前方，拋鄉棄園／國仇家恨串成淚珠滾落……」，詩人打開了他的第三隻眼，從電視看到更寬大的人類命運的考驗與煎熬。只是，在看這一幕的同時，詩人是否也聯想到他之前的命運呢？

輯五「時事」裏，還有〈九一一事件〉、〈阿富汗難民〉、〈祝融〉、〈海嘯浩劫〉等，寫的都是天災人禍，人類生存歷史必須面對的調整與考驗。裏面，有詩人對這個地球的期望與祈禱，也帶出了詩人沒有離開世事的入世心態與感官觸覺。

輯六的「紅塵」，詩人又來一個大轉身，〈鐘聲〉裏形容「地球已被六十億的蒼生／壓到不勝負荷／凡塵最猙獰的最貪婪的／最最殘酷無情的／竟是這堆自命萬物之靈的人」，再次體現詩人對環保、對地球的關心與關懷。

輯七的「漢俳」，可以說是詩人在形式方面的試驗。在我看來，形式其實是次要的，一貫的，我還是比較欣賞詩人的內容與題材。〈元極舞〉也好，〈漢俳六帖〉，體現出了詩人的文化底蘊與歷史方面的認識。我個人是喜歡詩人的斷句，短短的句子，似乎欲說還羞，留下無限的想像空間。

輯八的「江湖」，寫的是詩人對武文化的看法與另類詮釋。比如〈挑戰〉裏的「但見人影斷線紙鳶般凌空撲倒／蜻蜓派無影腳神功／一代宗師甘大師父黯然落敗／從此在江湖消聲匿跡」，〈杜醉俠〉裏的「當代大俠彬彬君子／儒雅謙恭／無人知曉／千杯不醉仗義行吟的詩人／竟是赫赫有名的杜醉俠」，詩人的古代武俠裏，已經加入了現代元素。

在我看來，這本《三月騷動》詩集，已經不止是三月的騷動，而是詩人走入這個年齡段生活中的點點滴滴。

我只能希望，當我邁入與詩人同等的年齡線，與詩人一樣，可以繼續用沉靜而安詳的聲音。

2010年10月22日至2010年12月22日
（深圳、上海、蘭州、成都、北京等，人在路上。）

018 三月騷動

自序

　　書市低迷，在澳洲華文文學作品更乏人問津；尤其是詩集，勿論是現代詩、古詩詞或漢俳，若結集出版必然是血本無歸。除非獲得贊助或靠友情支持，要不然必定是花費金錢精力，贈送予文朋詩友用以廣結詩緣。

　　多年來留存詩作近三百篇，不敢妄想付梓；月前蒙何與懷博士傳來一則「南溟基金會」徵稿訊，才萌生自選詩稿一試之念。

　　詩集參選條件是要三千行詩作，編輯自選詩集工作量頗大，花費了不少時日。重讀、校對和修正錯字，終於選出一百五十首作品打印，再根據內容粗略分類，共得八輯如下：

　　輯一山水、輯二歲月、輯三親情、輯四花鳥、輯五時事、輯六紅塵、輯七漢俳、輯八江湖。總行數為3121行。其中漢俳字數局限每首三行，必定是十七字，選入六題其實是四十四首共132行。

　　山水輯選入三十三篇，是觀光見聞。歲月輯十四篇是時序記要。親情輯二十四篇包含了至親骨肉情。花鳥輯共十五篇是對美之感嘆。時事輯十篇是各種事故雜想。紅塵輯二十七首是廁身大千世界種種觀感。漢俳詩六組包含各類內容共四十四帖。江湖

輯二十一首是武俠詩作品，為澳洲首創之詩體，澳華詩壇至今尚無人創作此類武俠詩。

所作之詩，皆是有感而發，因為詩貴情真，半分假不得；限於天資及文字功力，雖非精品，但總算是移居新鄉後的生活點滴，也是個人生命軌跡及記錄。

我最喜歡墨爾本的秋季，天高氣爽、不冷不熱，微曦散步觀花容或黃昏庭園聆歸巢鳥唱；都是賞心悅目之樂事，為生活平添無限色彩。編入「歲月」輯中十四篇詩作，對秋的描述就佔了十篇之多。因而、書名自然而然的想到用此輯作品其中篇章命名，並無他意。

詩集果能面世，首先要感恩「雪梨南暝基金會」創辦人對宏揚澳華文學的無量功德，當然也深深感謝諸評審的厚愛。臺灣著名詩人林煥彰先生百忙中為拙詩集作序及校對；我在文學途上得煥彰兄一路扶持，始能堅持至今，感恩無盡。

馬來西亞雙語詩人李國七博士惠賜代序，讓我增光不少，衷心銘感。同時謝謝各地詩刊、報紙副刊、網站等主編們，多年來陸續發表拙詩，給予鼓勵始有信心堅持詩創作至今。

最後要謝謝內子婉冰，除了無怨無悔的照顧我的生活起居外；更是我的「一字之師」、代修正錯字外，也會對拙作點評或建議。無論贊賞或貶抑皆出自真心，忠言逆耳可正是我進步的動力。

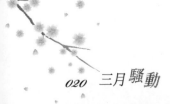

有緣讀到拙詩的各地詩壇文壇前輩、詩人作家及文朋詩友們，敬請不吝賜教為感！

2010年4月8日仲秋於墨爾本

2011年3月重修；紀念怒海餘生獲澳洲收留定居三十二年抵澳之日

022　三月騷動

目次

輯二　歲月

輯三　親情

輯六　紅塵

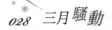

輯八　江湖

輯一

山水

小城徘徊

帖一　Cranbourne

深冬竟溫暖如初秋
與妻攜手迎陽光尋幽
城鎮熱鬧，是沒有風沙飛揚的關卡
市民微笑頷首，擦身過後
陌路相逢他朝再遇仍不識
我們是徜徉在草地上的羔羊

帖二　Tooradin

妖魔似的藍誘惑招手
海洋呼聲遙遙傳至
相距咫尺，在靜靜沉睡的長街
難覓港灣姿影
荒涼和孤獨湧襲
匆匆讓逃亡的感覺照進望後鏡

帖三　Koo Wee Rup

驚喜駕入農村的泥路
鄉鎮名稱，是原住民語言的拼音
我們不是過客，來到澳洲
存心投入擁抱這塊大地
洋朋友啊！別用異樣的冷眼看我
彼此彼此，嘿嘿無非都是異鄉人

帖四　Pakenham

馳進廣袤天地，曠野寂寂
市鎮打開胸脯展顏迎我
購物中心的白人睜開白眼
呵！請別老盯著我的皮膚和黑髮
大家皆是這片大陸的兒女
堆上歡笑！Good day Mate

註：*good day mate*為澳洲男人相遇快速招呼問候，您好之意。

帖五　Berwick

難於尋覓相似的顏容
偶見方塊字的飯店，彷如故知
空街上塵土不揚
小城午睡在暖暖的艷陽下
美麗的土地啊！快快甦醒
在我垂垂蒼老來臨前

後記：八月深冬某日駕車沿 South Gippsland 公路，到墨爾本東南方五個小城徘徊，幾乎
　　　難遇亞裔踪影，洋人多微笑迎。
此詩前三帖由歐陽昱博士英譯、被 Asia Education Foundation 編入 Sharing Fruit 書中。

1993年8月26日寫、同年12月刊於《亞華雜誌》39期

澳洲中部城鄉速描

Mildura

紅土地竟是綠意盎然
蒼翠映眼的一片寧靜安祥
不解的是如此婀娜市容
還有個驚訝的名字叫風沙城
並無狂風也無沙石飛揚
郊野纍纍葡萄樹青釉迎雲
美酒香味飄浮在空氣中
醉人的是小鎮青春優美雅姿

註：維省名城Mildura是原住民命名，意為「紅土地」也叫「風沙城」，盛產葡萄酒，
　　市容優美。

Port Augusta

小城是四方八面交通樞紐
發電廠的光芒照耀曠野夜空

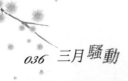

興旺礦業引來了粗獷的尋寶客
雪白羊毛也名聞遐邇
進入荒蕪大沙漠前好好停歇處
我的跫音比天地更靜寂
登上廢棄水塔俯瞰市容
初露朝陽遠山近水成了攝影鏡頭的定畫

註：奧古斯特港為南澳重鎮，人口一萬四千餘，以羊毛礦產發電著名。亦為中部交通
　　中樞。

Woomera

有矛無盾就只為了戰鬥
難怪被選為測試核武器的場所
今日已變成軍事基地
還有衛星通訊站以及臭名遠播
囚禁難民的拘留營
博物館寂寞展示一些原住民文物
獨身的館長說沒想到在冷冷的深秋
會有咀嚼鄉愁的華人來觀光

註：南澳腹地大沙漠曠野千里中，這個用原住民語言「矛」（*Woomera*）為市名的小
　　城，二千人口，好荒涼的地帶，因拘留非法入境者而名聞於世。

Cooper Pedy

原來知名的地下城澳寶市
路面荒涼人影渺渺沙塵滾滾
地洞山窖建成別緻的家居
方圓千里獨營的中餐館
有位全城唯一的韓國女侍應
美姿笑意中難掩深藏的鄉愁
照面展顏我們同是淪落天涯異鄉客
揮手後倩影掠過心湖掀起惆悵漣漪

註：南澳中心地下城，供應世界八成澳寶石產地，人口三千餘，華裔幾十；夏季高溫
　　攝氏五十六度。

Glendambo

路旁豎起的標誌驕傲展示
人口三十羊口兩萬兩千五
居然還算出蒼蠅兩百萬隻
格蘭登堡曠野天蒼蒼地茫茫
那位寂寞的警察喋喋不休
加油站邊聊天無非想留我作陪

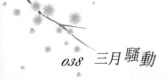

讓他消磨孤獨的時光
我苦苦追問怎不見華人在此定居

註：進入南澳沙漠前的小村莊，1984年建村；號稱有人煙處就有華人？在此莊無同胞
　　蹤影。

Alice Spring

百餘年的城市變成北領地大鎮
發現甘泉的探險家用愛妻芳名建城
愛麗斯從此揚名世界
蠻荒大漠裡的一顆夜明珠
觀光客湧入尋幽探勝
仰賴旅遊業為生的居民面露微笑
街頭漫步多是與世無爭的原住民
他們想不通其它族裔為何活得那麼累

註：北領地最大城市愛麗斯泉，距艾爾斯岩石四百公里，為旅遊中心；居民中有近四千
　　原住民。5月1日至8日往遊艾爾斯岩，中部大小城鄉匆匆速描入腦，得詩六帖。

2004年5月12日於墨爾本

Zetel小城迎新歲

四串長長長長的四十萬顆鞭炮
來自遙遠的中國
把德國北部Zetel小城
從零下七度嚴冬裡
高高掛起了新年的希望
福滿樓！能治療鄉愁的三個
方塊字，俯視着天涯外這班
遊子們，倒數時刻的食客
用我難懂的德語迎接元旦
鞭炮點燃，轟天震耳響聲連珠起
煙霧迷茫，喚醒沉睡的酷寒冬夜
十分鐘持續電光閃爍
千張萬片鮮紅紙碎飄落旋舞
福滿樓前滿地紅，鴻福滿樓
百顆煙花沖天起
艷彩繽紛照夜空
我們歡呼、握手、摟抱、輕吻
用普通話和德語相互祝福

一九九六年！在香檳酒杯碰撞中
微笑蒞臨，醉意酡然歸
盈耳鞭炮聲一路尾隨
願人人新年如意吉祥

後記：二弟玉湖於北德經營中餐酒樓「福滿樓」，除夕燒四十萬顆鞭炮及百顆煙花迎
　　　新歲，為Zetel小城盛事。

1996年元旦於德國

Oldenburg印象

從一個異鄉投入另一個異域
時空交錯使我恍惚如夢
愕然厠身，猶似外星客
盈耳皆是難懂的啁啾
烏登堡市中心摩肩接踵
如鯽人潮湧動
櫥窗精品陳設，誘惑着
藍藍的眼珠
我讓層層冬衣包裹
只剩下很中國的五官
凝望遠古高聳的教堂
雲霧低迷壓頂
風景樹枝白霜染蓋
天堂彷彿觸手可及
我驟然想問問滿街的德國人
什麼叫做鄉愁？
掏一個硬幣撥打電話
女兒熟悉的聲音從墨爾本傳來

冰冷的手掌熱血奔流
終於證明了我依舊存在
映照東方的容顏，一張曾經
印着中國溢瀉鄉愁孤獨流浪的面孔

1995年12月28日德國旅次

Bondi Beach

雪梨的天空像潑墨
當我面海深呼吸時
竟嗅到妳很古典的體香
相信極目的這片自然
必是地母孕育萬物的太初
百千浪花凌波旋舞，追逐翻滾
像妳溫柔的手揉碎一個個夢
冷冷的輕風，吻著肌膚毛孔
如妳甜膩膩的舌尖細細挑逗
踏沙涉水，忽然衝動的想擁妳
躺臥這張比海棉更柔軟的床舖
舉步移腳，放鬆步伐才敢踏實
很怕踩痛妳的感覺，唯有
當妳盈愛眼神撫摸我的剎那才能理解
背後屹立的現代圖騰，五星級酒店
雙層巴士和汽車飛龍
是抽象畫面的敗筆，招引至的蜂蝶
無非垂涎妳絕色的睡姿

註：邦黛海灘（*Bondi Beach*）是雪梨市舉世知名的地方，沙細景美，已成觀光勝地。

1994年11月14日於雪梨

大叻山城二首

春香湖

鳥聲漫山谷
櫻花幽香飄滿湖
倩影繞雲霧
踏青笑語傳四處
曲徑仙鄉疑古路

嘆息湖

松風四季鳴
仿似孤魂訴悲情
嘆息註湖名
暮靄迴光返照明
歸鳥徬徨聲哀鳴

後誌：大叻山城為南越著名旅遊勝地，距胡志明市三百公里；春香湖於市區附近、嘆
息湖在郊區數公里外。

2007年9月4日於墨爾本

雙乳峰

陰霾天氣時節，妳羞羞澀澀
讓雲霧成為天然乳罩
欲隱欲現中使人遐思神馳
晴朗日子，妳歡樂忘形
高高挺拔兩個胸脯
以最美的裸露，把乳房展示
妳無視於人群好奇的眼睛
才不管塵世的約束
總以天地賦予的體型
自然裸裎任人觀賞
也讓戀母情結的男士們
墜入兒時的童夢盡情吸吮
妳最美的雙峰是在雨後
彩虹輕掩嬌艷無邪忽隱忽現中

後記：南越山城大叻市，群巒繚繞中，雙乳峰近在咫尺，仰首可睹，芳姿千變萬化，
　　　美乳天成。午夜輾轉，濃濃鄉愁纏繞，詩湧。

2003年6月13日於墨爾本

鵝芽瀑布

無數山泉競相流瀉

勇往直前奔到懸崖處

飛躍滑落，以萬馬般的嘶鳴

歡呼著刹那間的快感

水珠四濺騰空而舞，霧靄瀰漫

在遊客訝異的五官上

輕輕慰撫，無跡無象無形無影

蹄聲遠遠近近的傳來，猶若戰馬

奔馳追趕，鬱雷之巨響敲擊

震撼著沉默的天地

耳膜在嗚咽的迴聲中

神思恍惚，有如廁身古戰場

也要衝進那片廣袤的布幕揮劍刺殺

水花貼臉時，才驚醒瀑布的裸裎美若仙女

補記：南越中部大叻山城近郊的鵝芽瀑布，氣勢雄偉，水聲震耳欲聾，是南越最大的
　　　一個瀑布。早歲在從義鎮任教，常往觀瀑，回憶成詩。

2003年6月13日於墨爾本

隱者

昂首雪梨華埠大街小巷

映眼中文商號林立

紅男綠女匆匆往返

擦身而過　不必寒暄

無需展顏　早已江湖相忘

石橋飄揚藝術節彩旗

達令港灣海鷗白鷺與鴨群

悠然水中浮游

似我般清閒

從墨爾本千里空間轉移

陌生城市　相知的是微風和陽光

誼園圍牆隔著

一片淡如白雲的鄉愁

經已忘了是異鄉人

他鄉異鄉猶吾鄉

忘憂忘情忘卻人間紛擾

暫時成為隱者

隱於鬧市　豈不快哉

2007年1月10日於雪梨達令港Oaks酒店

晨霧

大面紗如網忽然從天撒下
四方朦朧景物欲隱欲現
水平線已消失
遠山青淡起伏似蚯蚓
眼前世界是一片白
茫茫無色無味無香
屋宇堆砌早已埋入迷霧中
街道蜿蜒曲折
燈光是一隻隻巨眼
幌動中明明暗暗閃閃爍爍
車群慢慢移前　唯恐在視線外
熱情擁吻纏綿而誤了正事
海也沉沉落進白的掌心
視膜已忘卻其它顏彩
除了厚厚紗網染出的白
影像也全是雪的姿色
晨起我呆呆木立窗內
苦苦追想窗外繽紛的本來面目

2003年11月21日於舊金山旅次

蘭域海灘

雲朵漫移訴說些纏綿故事
猶若是某種未知的引誘
我夢幻般的徘徊在
希臘愛琴海邊風景裏
讓遠古的神話
撒成一張如妳臂灣
糾結的網，任我掙扎
也無從逃遁自前世就被
牽扯到今生的情緣
碎沙也有好多夢囈
卻讓浪花捲入海裏去
白鷗掠過水平線上
柔風拂面，傳來譜唱頌詩的濤聲
雜揉了妳我混合的心事
踩著水湄，海韻為我解讀
悉尼蘭域海灘是如何
擁有希臘那片古典的畫面

補誌：與妻到悉尼寓於蘭域（Rankwick），近處海景迷人；三子明哲導遊，考我景似
　　　歐洲何地？答是希臘，父子莞爾，詩成。

1994年11月作品

觀潮

南太平洋用湛藍色
塗染水面與天空爭艷
波浪是愛神化身
日夜狂吻黑石岩
情再深也經不起
七千萬年的纏綿
石爛成大蜂巢
而海未枯，風遂挑撥是非
把溫柔的水激成潑婦
怨恨妒忌洶湧
翻翻滾滾的把怒氣發洩
浪層層追趕堆疊
吼聲驟然轟響，猛然襲擊
傲岸屹立無懼的巨岩
濺出滿天淚珠
億萬顆晶瑩飛舞灑落
驚走那群歸巢覓食的
白鷗，展翅掠空

越過波浪沒入穹蒼
把湛藍擲還給海洋

後記：驅車百里外至菲立島觀潮，碑文記載面對的黑石岩約七千萬年之久，時為仲冬末，巨浪奔騰，驚濤迎眼。

1993年7月29日於墨爾本

雪梨誼園

翠竹掩映、細碎鳥語

呼喚我，四壁揮毫的題詩

引誘我，小橋流水配搭的圖畫

宛若將夢揉皺後

硬塞進了我腦袋中

徘徊在垂柳微風裡

享受中國古人的雅趣

曲徑通幽，山石含笑恭迎

藍天白雲倒影任魚兒遨遊

鴛鴦戲水，圈圈漣漪旋舞

我行近茶居，無緣拜見杜甫

書房也難覓李白

樂室琴音竟已寂寂

異鄉人徜徉在誼園的亭閣樓臺上

沾滿一身中國山水的鄉愁

我情依依，心也依依

竹葉輕擺低吟聲聲

眾鳥齊鳴：不如歸去

後記：遊達令港、參觀誼園，置身中國式的公園，沾染鄉愁，情難自禁，詩溥。

1994年11月17日於雪梨旅次

雪梨歌劇院

現代圖騰、雪梨的標誌
屹立岸邊招引過客
陽光下白晶晶的貝殼
原是深海裏千萬年的巨蚌
相約浮上岸
依戀重堆疊
孕育的明珠夜夜放光芒
輕歌曼舞琴音樂曲流瀉
歲歲月月吸納如鯽的遊人
奔馳千里，我急急的趕來
仰望膜拜，蚌驕傲的
以不變之姿
笑紅塵大千男女
精靈已成化石
是全球知名的景點
啊！雪梨，妳嫵媚的容顏
竟是蚌精賜予
一座雄偉宏觀的奇妙建築

對八方招手，明珠放射
誘惑，我聆到蚌竊竊的笑聲
遠遠近近超越時空當頭淋下

1993年7月作品，同年8月11日刊於《世界日報》。

重修於2006年7月10日

梵天禪寺

迎客廳眾金剛怒目聆聽
管弦鳴奏、南音飄送
悅耳仙樂好像天籟
誘我遊興萬里追覓
逃過那場浩劫，大雄寶殿
威嚴依舊、佛光照耀
諸菩薩慈悲含笑入定
吞噬十方香火濃煙
遊子用無改的鄉音
隨俗燃香頂禮，虔誠禱告
梵天諸神八方菩薩
佑我大中華，長保同安繁榮
眾鄉親父老四季健康如意
大悲殿前觀音大士
拋來淺淺的笑姿

當年迦葉展顏，我今是拈花人
百齡古剎，在故鄉秋陽艷彩中
遁入相機，菲林裡與我共映現。

後記：11月14日回鄉翌晨遊古剎，位於同安市區內的禪寺建築宏偉莊嚴壯。文化大革
　　　命逃過劫數，為鄉民廟會所在；每日管弦吹奏南音，歌手操曲，妙樂流瀉滌人
　　　心靈。

1999年12月墨爾本

馬六甲三寶井

古井張開大口，在網內
呼吸天地精華，吐納
無情歲月吹過
馬六甲海峽的清風

遊客湧至投下錢幣
死水無波。何方神靈能恩賜
百奇千怪的願望
給紅塵妄求之心

三寶太監率領四十八艘艦隊
乘千里風破萬層浪七下南洋
讓兩萬七千官兵
蕉風椰雨中日夜望鄉

公元一四〇九年該是永樂七年
明朝歷史，三寶井還能見證

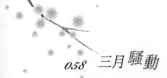

時間長河裡古井嘶啞的聲音
再難說明，鄭和站在旗艦上的威嚴

我徘徊在鐵網外老井旁邊
聽聞六百年前眾官兵竊竊私語……

補記：1999年出席吉隆坡舉辦「世界華文微型小說」會議後，11月27日與江蘇凌煥新、
　　　凌鼎年、佛山姚朝文、韓英諸君及內子婉冰共遊馬六甲。

2001年元月於墨爾本

海之戀歌

青天白得如雪的胸懷
讓幾朵雲影婀娜弄姿
弄潮稚童爽脆的笑聲散播

風的蹤跡飄逸四週
滑浪健兒們嘻嘻哈哈
玩耍著他們永不凋散的青春

大海痴情的歌聲起伏
隨著滾動的浪花
一聲又一聲的低吟淺唱

海洋發自肺腑的思念
讓波濤帶上水之湄
艷陽下我徘徊沙灘細心聆聽

海呼吸的節奏似我心臟跳動
地老天荒的愛戀　彷彿
魚與貝殼與清風互相糾纏

Lorne小鎮中文音譯是「龍灣」
忘了多少年前擦身而過
妳千秋的姿容美麗猶存

我的足印輕輕踩在妳溫柔如夢的沙灘上
日光下聽風聽浪聽著妳深情纏綿的戀歌

後記：享受老人週免費乘坐公車優惠，10月9日與親家母朱韓淑娟、洪理強伉儷及婉冰
　　　結伴，乘火車到智郎市再轉巴士去小鎮Lorne逛遊；漫步沙灘，觀賞美景，聆海
　　　韻、潮音起伏情意纏綿，有詩。

2008年10月11日於墨爾本無相齋

浪花洞

海以千種溫柔日夜摟抱岩層
石礁任水沖蝕
激盪而起的浪花
終於在歲月的撞擊裏
把岩壁的心融化
小洞歷經萬年狂吻後
形成了一個天然井口
讓奔騰而至的怒潮
熱烈把最後的氣焰
以萬頓威力直撲巨岩
水柱揚起億萬顆珍珠的小花
散落四方八面的礁石
遊客高舉相機吞吐菲林
攝影千點浪花的浪漫情懷
風中我痴痴的凝望
這場千古的纏綿愛戀
海未沽石已爛、柔情的水
化成萬朵珠花日夜傾訴

後誌：觀訪雪梨浪花洞，聽潮聲澎湃、浪花奔湧衝擊岩洞，水珠拂面，有感。

2003年8月29日於墨爾本

陌生人

時空大轉移，尖沙咀豪庭上
視線映現幻變的風景
白雲如絲帶披掛遠山
維多利海港的渡船與郵輪
輕輕泛起條條漣漪
棟棟華廈高樓參差堆疊
夜來眨著眼睛的燈光冷冷
閃耀的霓虹嘲諷著零落孤星
擠身廣東大道，匆匆趕路
人流像潮水，無人仰望天空
迎面的每張五官
眼耳口鼻齊全
獨獨欠缺展顏微笑
陌生的容貌，無有似曾相識
驟然發現自己，仿若
是外星居民，非法的入侵者
我才是一位無名無姓
不屬於這片土地的異鄉人

後誌：旅次九龍居尖沙咀海濱城內港威豪庭第三十八層酒店，維多利亞港灣映眼；擠
　　　身人群，容貌皆陌生，頗感孤獨。

2002年8月1日於寫於九龍

珍妃井

綠女紅男成群結隊
如鯽般趕來，只為
匆匆觀望小小的石井
聽嚮導背誦百年前深宮秘史
那些驚心的恩恩怨怨
早已飄渺無蹤，元兇慈禧
劊子手崔玉貴縱然逍遙法外
亦逃不過歲月懲罰
我徘徊在圓石封口的小井旁
點燃一炷心香，默默
憑弔殞落的珍妃，感嘆
整整一世紀前皇庭內
動魄殘酷凶狠惡毒的鬥爭
不外如煙似霧，幻滅
在後人的笑談中

後記：遊故宮，珍妃井旁弔芳魂，感慨清朝興亡玄秘史；太監崔玉貴奉慈禧旨推珍妃
　　　落井。

2001年4月28日於香港旅次

春香湖畔

水清潋滟依偎著起伏的山
白衣如雪之女學生們
或躺或臥　在綠釉草坡上
捧讀書冊，笑談人生編織綺夢
岸邊櫻花的幽香隨風輕拂
婀娜雲彩飄移，陽光灑落
自松柏的枝椏中
照向如鏡的湖面，反映天地一片
寂靜的時空，漣漪圈圈泛起
水車上的倩影掠過
艷色投向視線中的畫布
和諧至美剎那變成永恆
粉紅色的花瓣幻化為蝶
飛舞於山水中，寧謐的春香湖是一首詩

後誌：南越中部大叻山城勝景春香湖是名聞遐邇的著名風景區，其美如詩。

2003年6月12日

故鄉

故鄉本來是父母陳述的一片月色
關山萬里外夢遊後
對兒孫描繪出的美麗山水
那口古井還埋藏著我童稚的笑聲

從小故鄉便成了我的圖騰
在遙遠天涯處海棠葉最南方
廈門同安郊外山區的農村像
青山白雲清風明月小橋流水的圖畫

終於少小離鄉老大回
鄉音不改村民笑問番客何處來
朝聖般的心情急急趕赴
祖厝門前那老井張口迎我

百年舊屋破落的瓦礫
曾是先祖先父當年輝煌的見證

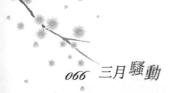

兒時的足跡已無痕
古井的水也早已乾涸

再度回去探親觀光　悄悄
把偷藏口袋內的鄉愁
掏出來揚入故鄉的天空中
叔父嬸母染滿風霜的五官展顏

都說家鄉巨變快要超英趕美
好壞悲喜參半的話題中
被污吏壓迫的無告鄉人
憤憤指控黑暗的社會

離開時親人細細叮嚀
把親情一一收摺入行囊
揮手後故鄉又在萬里外
鄉愁是隱入雲裡的淡淡弦月

2004年1月24日

故宮博物院

旗海飄揚在清風裏
鮮艷的青天白日旗笑迎我
跨進門檻、這一步便走入
上下七千年的歷史長河
幾層樓宇包容了中華文物精神
無盡藏的時空中
另一度緯幕是隱埋的舞台
輝煌過展現過、繁華如春夢
留下銅器陶瓷經典書畫玉雕
人體穴位圖解醫藉內經
是寶是法、留待子孫承繼
立在玻璃窗前觀賞墨寶
當年王羲之揮毫的神采再現
書聖的靈魂化在斑駁宣紙上
蘇東坡爽朗的笑聲起伏
風流才子的吟誦劃破天幕傳來
故宮是炎黃子孫的驕傲
華夏文化綿延長流

我痴痴的徘徊在廣博歷史旅途中
在四維空間裡被先祖們深深感動

後誌：1月2日重遊台北故宮博物院，迎眼一片青天白日美麗的旗海，踏入門檻，仿若
　　　進入歷史另度空間，徘徊不忍離去。

2004年1月10日於墨爾本

青山綠水三帖

MAROONDAH瀑布

水流過歲月的隙罅
掛下潔白長布飄揚
琮琮奔騰翻滾湧瀉衝落
伴清風共奏天籟
我竟痴痴地仰望
想千年前布疋的本來面目

EILDON湖

無波無浪，平滑的鏡面
照映我倆儷影走進畫裏
含笑遠山，看輕舟遊艇泛蕩
縱橫漣漪劃破白鏡
幽寂長堤不意想起蘇堤白堤
西湖忽現，與妻相對莞爾

ALEXANDRA山林

拋離紅塵，歡樂入山
百千棵直樹展顏迎客
青綠釉釉，把天地包裹
窗外眾樹竊竊議論，我難置喙
身心被濃蔭洗滌
就想下車立岩邊化為樹木

後記：1993年8月29日偕妻女遊湖，距墨市154公里，馳34號公路，沿途山水勝景盡是詩。

1993年8月30日作品

迎瑞雪

寂靜小城在節日午後
沉沉睡去，彷彿夢魘中故園
戒嚴令頒發的市容
朗朗晴空驟然撒下鹽花
像傳說中的神話般
天地變臉，宛若海洋擊岸的波浪
像柳絮又似鵝毛
沒有重量的飄飛下降
滿街風景原本的色彩
被頑童傾倒白漆般
染成純純的冰雪之色
我歡呼衝出戶外
展臂迎接朵朵無味無聲
卻竟然各擁其形的小白花
屋頂街心草坡樹枝圍牆
剎那間盡化乳色
我立於冷冷的空氣裏

點綴成歐洲大陸
白色耶誕節茫茫天地的自然風景

補誌：德國小城*Westerstede*耶誕日初降瑞雪，獲知每朵雪花皆有其形，各不相同，訝造
　　　化之偉大神奇，冒寒立於街旁觀賞，心靈安祥，與天地合一，喜而詩溥。

1995年12月26日於德國旅次

泛舟

輕舟逆水，兩岸難聞啼猿
妳的笑驚醒群鳥
爭相遙遙鳴叫
藍天白雲綠葉垂柳
如畫倒影均被橫槳擊碎

錯把雅拉河支流
看成灕江，桂林風景已被妳
輕易投至眼前
我痴痴地沐浴在萬里外
甲天下的河山裡

望妳划槳，姿色撩人
彷彿是西施伴我
泛舟仙境，離棄十里紅塵
不飲自醉，早忘卻是他鄉是故鄉

後誌：昨日陪妻及幼兒明仁到城東公園內雅拉河上泛舟，景色幽美，與眾鳥共度夏季
　　　最後一天。

1994年3月1日初秋於墨爾本

東西塔

古剎廣場兩側巍巍對峙凝眺
五層八角的視窗
從東望向西，由西看著東
自宋朝期盼，日夜等待
萬里外遊子終於歸來

風雨不改，地震無懼
三百八十四幅浮雕石像
撐起四十公尺高的身軀
是開元寺高聳迎客的雙臂
做泉州城海港美麗的標誌

我滿懷歡喜，從娘胎裡
便已熟悉，彷彿故知遠離
念着想着夢着，在蹉跎
歲月裡，總要趕回來
如痴似醉深情的仰望

凌空矗起的東西塔遙相微笑
風聲裡把我濃濃鄉愁吹走

後記：泉州開元寺內東西塔建於宋朝，一百多年前八級地震古海港全毀，東西塔奇蹟
　　　般無損。

2000年仲夏作品

古井

水色土黃混濁，那張倒影
是流浪了半世紀的容顏
徘徊破敗斑駁的井旁
聽聞慈親浣洗搗衣時的言笑
我頑皮的正和童伴嬉鬧
倦極催眠，醒起夢已老
回鄉時，笑呵呵的歲月
讓冷寂的祖厝，和那口
漸漸衰老的古井
訴說我走後五十年的風霜
井邊陳迹已渺
冷風、夕照、孤影
我細細追覓，宛若雲端
母親呼喚的聲音
和我童稚啼哭吵叫
遙遙傳至，像真似幻
深深凝望井底，濁水影滅
古井依依相送

祖厝庭前父老鄉親揮手

遊子含淚再走天涯

後記：家鄉祖厝古井藏我童年歡笑，返鄉尋根、井在人事非，徘徊憑弔有感。

2000年1月19日於墨爾本

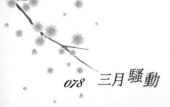

水燈夢

浪濤講述許多纏綿故事
拍擊船舷湧向我
傾吐前生來世
未了的……因緣

兩岸的風景蜩沸
爭相獻媚邀寵
輕蕩過劃刻水紋
是我揉皺的鄉思

雲飄似畫、微風拂吻
奔騰河水流自我血管
湄南河啊湄南河彷彿是
我滔滔的……支流

那晚虔誠放下盛載的鄉夢
萬水同源、美麗水燈
飄流……飄流到閩江
我永遠的故鄉

後記：去歲11月旅泰適逢水燈節，蒙泰華作協諸君熱情邀宴湄南河畔，由司馬攻會長
　　　安排讓與會世界華文作家詩人們參加放水燈，詩意隆情銘感於心。

1997年5月於墨爾本

水之舞

大池如鏡平滑

觀者安心等待魔幻出現

倏然霧自池面冒起

似仙境開門

水柱昇上像蛇擺動

浪花散開　千軍奔走

英雄悲壯的樂曲響亮

蛇腰搖幌中　突而仙女

把萬朵水花撒下

彩虹映眼　如痴似醉的人群

目瞪口呆忘了身在何地

萬顆水珠如金鋼鑽

閃耀入觀眾眼瞳

水在仙人指揮下

以絕美的舞姿

在人間留下剎那的記憶

如夢幻泡影如露亦如電

後記：拉斯維加斯其中一座以十六億美元建造的酒店 *Bellagio Hotel*，門外巨形大水池，
　　　每半小時表演一次水之舞，吸引大量觀眾，極美極妙，無法形容，有詩。

2003年11月27日於舊金山旅次

日月潭

青峰繚繞雲霧渺渺

微曦映照我一臉的訝異

似曾相識的山水

彷彿夢境常現的春香湖

碧潭無波無浪　色如銀鏡

日月分界處不見標誌

小小人工湖描上神話色彩

早已在等待我的來臨

說是前世的宿緣

我們注定要心心相印

水中倒影是我多生前的形象

也許我曾經泛舟撈月

是妳誘我投入日潭的中央

羞赧的月潭寬衣解帶

裸露嫦娥的玉體豐姿

幾度輪迴惜緣續緣

我終於在萬里外趕來

輕輕躺在妳溫柔的懷抱裏

後誌：去歲除夕前日徜徉於台灣日月潭上，碧波綠水青山醉我，恍若夢中。

2004年1月8日於墨爾本

五指山

必定是當年如來神掌
戲弄猴王孫悟空，那段西遊記中
老少咸宜的精彩故事留白
讓後人憑想像去繪聲繪影
也許是我佛慈悲
特意把手印輕輕一按
在芽莊海灘嶙峋的岩石上
伸開五指、如蓮花吐蕊
每節指尖居然還散發著
齊天大聖撒下的尿味
融入鹹鹹的海風中
頑童們攀爬巨指玩耍
紅男綠女拍攝雪泥鴻爪
漁夫們蹲在浪花擊打的水湄補網
編織著老去的年華
五指山日夕陪伴

風雨晨昏、在歲月浪濤聲中
　　始終默默無言無語

後誌：南越中區芽莊是臨海城市，漁村海灘有巨岩，五指伸張而成名，假日遊客絡繹
　　於途。

2003年6月21日於墨爾本

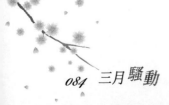

輯二

歲月

三月騷動

焦黃乾枯彎曲弓背的一片楓葉
孤獨陳屍圖書館前
我驟然踩踏，三月初秋的
第一聲驚呼，響自腳底呻吟
竟是生命最後吶喊

仰首沿街楓樹婆娑褪色
青青蔥綠漸漸淡化
彷彿天地變臉，無情
眾生爭相奔赴歲月晚宴
輕輕引起的騷動

翌晨臨鏡，頭顱如樹
冒現三五根白髮
騷動的季節，亂潑染霜

竟不放過滿頂烏絲
紛碎青春常駐的綺夢

我憤怒拋鏡趕走幻影
卻揮不掉嫵媚秋日又黃又白的顏色

1996年3月初秋於墨爾本

此詩獲「世界華文文學」編入2009年教材

深秋街景

秋風伸手拉開

天地舞臺的布幕

依偎纏綿的楓葉

紛紛粉墨登場　旋轉

飄飛　用蝶姿誘人

彷彿從圖畫裏

展翅翩翩而來

沉睡路旁堆疊的枯葉

剎那驚醒　爭相馳騁

像千軍追逐萬馬奔騰

嘶殺喊聲遙遙從古戰場

一路傳來　滿目片片

肢離破碎　像肝腦塗地的乾屍

演完了終生悲劇　落幕前

楓樹舉起瘦削的臂膀

無言向蒼茫空宇抗議

1996年5月深秋於墨爾本

故園秋月

唐人街擺賣的月餅，飄浮
濃濃淡淡的鄉愁
嫦娥也難耐寂寞，渡海
越洋移民來

鳥聲啁啾清脆，爭相
含著春光翩躚起舞
庭前繁花競吐鬥艷
宣示寒冬已逝

強作愁的族人，錯將
初春硬當仲秋
像畫家用顏彩塗滿天落葉
把故園的秋月移至後園膜拜

且抱壺龍井捧出月餅
在春夜裏對兒孫
細說廣寒宮的故事，舉杯
呷口澀澀而溢著鄉思的中國茶

註：故鄉中秋節是陽曆九月，澳洲卻是初春。

1997年9月16日農曆中秋

五月

五月！南國仲夏的季節
風姿婀娜。墨爾本
卻已是深秋
別有一番嫵媚和柔情

我浸沉在五月的懷抱裡
觸摸妳如水柔滑的肌膚
吸吮至美的靈魂
五月似慈母，呵護我的孤獨

仲夏夜之夢比翼飛翔
深秋之戀，我是一片寂寞的
落葉，飄入妳飽滿的胸脯
給我溫柔滋潤，令我的生命重生

啊！五月，不論妳是仲夏或季秋
我都痴痴跌落妳的掌心
讓夏的熱情吸吻
秋的濃愛撫摸

1998年5月12日於墨爾本

秋夜迎雹

四月仲秋，冷冷寂寂的夜
無人焚香拜月，嫦娥渡假去了
寒夜圍爐觀看數萬里外
螢光幕中北約的戰爭遊戲
驟然！敲窗的聲音
彷彿彈奏蕭邦樂譜的鋼琴
襲至一陣喜悅和愕然
傳說中的觀音大士，舉千手
撒落萬千朵白花
美麗的姿容凝結成冰
以絕冷的淒艷擁吻大地
花容染白了道路庭園和建築
迎門，不速之客
競相摟抱，哀哀地化水遁隱

後記：昨夜冷雹驟降、門窗彈敲若琴音，戶外夜空如天女散花，是另種秋色，有感。

1999年4月27日墨爾本仲秋

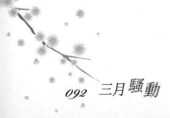

深秋感懷

黃葉擺脫了枝椏、歡欣
舞姿慶賀重生，深秋五月
母親節讓兒女們重拾遺忘的孝思

我站在媽媽的相片前
點燃一束心香
默默想念、天地寂寂無言

那年、父親把容顏
埋進飄飛的葉堆裏
情深的前往陪伴您

趕往歐洲奔喪途中，我把
憂容掛滿了秋雨
寸斷的肝腸送予秋風

從此啊、歲月將孤獨
悄悄注射入我血管

將思念投射向天堂
溫馨美麗的季節
楓林道和我的眼瞳
把墨爾本的天空染紅

後記：五月是墨爾本深秋，有溫馨的母親節，先父忌辰也在5月，哀思有感。

1999年5月母親節

秋之舞

幾度輪迴後，依然
用翠綠的生命
蔭涼著大地
當季節拉開秋之序幕
深情而纏綿的告別儀式
紛紛上演、或吞聲或飲泣
難捨難離也得奮勇縱躍而下
盤旋飛舞、幻化為蝶影
百片千片已燃盡了青春
只餘乾枯焦黃的形骸
浮游於一號公路長長路心
葬身前投射依依眼色
掙扎展示和默默無悔
撲向車隊空間、以最美的
姿態飄落長眠。盈耳
有枯葉輕輕的嘆息聲

補記：車過一號公路，風起，萬千片落葉撲向車窗，訴說生死輪迴般飄舞，有感。

2000年4月仲秋於墨爾本

秋色

開窗，驀然瞧見
秋天慵懶地躺在庭園
用幾片飄落的楓葉
嘲笑著漸禿而參差零亂的草坡
也不預約也不敲門
彷彿心血來潮般
要送我一個驚喜
難怪連蟬聲也被悄悄包裹
郵寄往半北球去展喉
玫瑰的容顏已憔悴
幸好偶有迷途蝶飛來
憐惜的繞花輕吻
沉沉重重的心事、一如風鈴
無端唱起仲秋漸漸嘶啞
略含苦味的驪歌

2000年4月仲秋於墨爾本

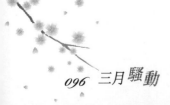

七月櫻花

冬冷霜露寒

朔風蕭殺天地昏暗

萬綠庭園驟然爆開

繽紛的花顏　孤獨櫻樹

急不及待趕在春前

招展鮮艷的生命

粉紅花冠　朵朵笑姿如妳

使我痴痴凝視　曾經

抱妳親妳　用唇上短髭逗妳

惹妳銀鈴笑聲散落

迴音繚繞穿越時空

妳已婷婷婷婷　幼苗茁壯

如整株挺拔的櫻樹

千萬片花瓣　用唯一的色素

冷冬裡塗畫燦爛

盈耳是遠遠近近清脆的童音淺笑

如櫻花映眼　飄舞在

寒露霜冷的七月天

後記：七月為墨爾本仲冬，庭前櫻樹繁花展顏，轉瞬孫女如珮已九歲，稚齡期笑靨爛
　　　漫，觀花憶及弄孫樂，有詩。

2000年7月24日於墨爾本

仲夏落葉

仲夏本該驕陽似火

煎熬燃燒萬物蒼生

天地卻悄悄變臉

霪雨涼風竟日纏綿

楓林道旁早枯的葉片

化作黃蝶飲泣控訴

被摧殘的釉綠生命

黯然疊屍街上，映眼焦脆

飄零飛揚，輕輕嘆息

季節追逐輪迴

秋娘急不及待展示嫵媚

炎炎苦夏躲避雌威

都怪聖嬰胡鬧惹出禍患

腳底楓葉議論紛紛

偶聞鳥聲吱喳嚼舌

搬弄著朝夕的是非恩怨

寂靜小城夏日晨曦初露

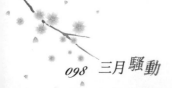

我倆話題思念著遠遊的乖孫女
管它是夏是秋，伊婷笑容
讓漸老的心充滿溫柔

補誌：元月仲夏漫步驚見滿街楓葉飄零，聖嬰現象使季節混亂；昨午機場歡送孫女伊
　　　婷隨雙親外遊，今朝已想念。

2002年1月28日於墨爾本

秋之聲

微曦初露彩霞映眼
公園內墓地裏幽靈們忘了
節省陽光的夏令時間已結束
還安靜的甜夢未醒　沿途
幾隻早起的黃鶯歡樂喧嚷
鳥語融入晨風中溫馨如夢
長街寂寂寞寞　偶聞枯焦的楓葉
在我腳底呻吟哀號哭泣
生命終止前演出最後的一場舞姿
如飄飛的群蝶優雅旋落
力盡而躺臥長眠　乾黃的葉片
在曦影中發出了清晰的聲響
是秋天君臨大地的預兆
細脆的樂韻在空氣中流傳
鳴鳥花香伴我晨運漫步
秋聲迴盪有點悲愴的感覺
在耳根繚繞　悽美秋色
把我也繪進這幅天地的畫圖中

補誌：墨爾本三月是初秋，這兒秋天是四季中最美好優雅的時節，晨運聞秋聲有感。

2004年3月28日於墨爾本

秋景

無意中總會在映眼視線內
發現一些顏彩的輕微變化
本來盈滿天地的一片翠綠
竟被風聲雨聲塗抹成
深深淺淺參差不齊的金黃
然後是飛落旋繞的葉片
像開心蝴蝶飄舞
在脫離樹幹前作最後一次表演
仍有些不甘如此了結生命
掙扎著與秋風訴說未完心事
耳聞晨曦中傳至種種秋聲
竟就有枯焦之葉縱身墜地
發出哀吟及低低悽泣
秋季溫馨的走入我眼簾
Oakleigh小城寂寥街道
我之跫音和身影被融入
秋的世界秋的畫面中
一幅自然秋景在清晨的聲色裏定形

2004年4月1日仲秋於墨爾本

問歲月

為什麼如流水
一去不回頭
任尋覓也難發現
鴻爪的印記
雪泥自然無蹤跡
光陰仿似走馬
奔馳飛騰倏忽而過
來不及思量經已遁逃

夜來幽夢忽還鄉
古厝庭前那口老井
笑呵呵的迎接異鄉人
點滴鄉音在口齒間溜轉
遠山近水找不到
童年嬉戲的友伴
獨步田徑唏噓回首

白髮頑皮的漂染頭顱
鬢如霜後再無往昔
美艷無倫翰逸神飛的俊秀
為什麼時間像魔術師
總讓紅顏攬鏡驚心
為什麼啊要將美變醜
歲月啊為何要漸漸摧老眾生

深閨鏡中人容顏瘦損顰眉含眄
仰天一問再問冷冷笑著的歲月

2008年12月10日於墨爾本

迎冬櫻花

晨昏路上人影稀
淒寒七月仲冬
早將墨爾本街景變成
幽靜蕭瑟又寂寞的畫面

家家園圃展顏的繁花已凋零
庭前那棵老櫻樹
在冷寒刺骨的風中
竟急不及待冒出纍纍花蕾

驟然爆發美艷的花姿
一朵朵次第旋開
像夢像詩又似畫
奇蹟般在寒冬中輕舞

綽約婀娜的滿樹櫻花
誘我惑我引我迎我

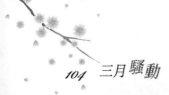

縱然霜凍難當也忍不住
早晚到前園觀賞花的笑意

春姑娘蒞臨尚有兩月之久
櫻樹就提早傳遞春的訊息
用粉紅塗抹仲冬蒼白的姿容
預先散發春天濃濃香氣

望著窗外那棵迎冬櫻花招展
寂寥的心居然也漸漸溫熱……

2009年7月10日墨爾本仲冬

106 三月騷動

輯三

親情

疊翁喜樂

百千顆明亮璀璨燈泡
以繁星照耀的光芒
襯托著舞池一對新人
俊偉英姿笑向觀眾
輕摟婀娜纖腰、新娘
盈滿甜蜜的臉龐印上
憧憬一生的幸福
舞步如燕翩翩掠影
滑翔於眾人眼簾中
新郎痴痴眸光如火
驅逐了冬夜寒冷
微醺中宛若是我的身影
從當年的青春歲月裏款款而來
舉杯飲勝聲裏無邊快樂頓湧
疊翁之喜溢於五官流竄血脈
醉飄飄的腳步凌波仙境
幼子也已宜家宜室
一身的輕鬆如片雲薄霧

笑意從心底暢快流瀉
回眸處老妻展顏、竟如綻放鮮花

補記：8月2日假座豪華的 *L'unica Reception* 為犬兒明仁舉行婚宴，金碧輝煌的舞池中儷影
　　　雙雙，微醉中擁婉冰起舞，幼子已成家，疊翁之喜頓湧。

2003年8月7日於無相齋

幸福的天使

——詩贈孫女如珮兩週歲誕辰

一串清脆聲響繚繞　叮叮噹噹

飽含蜂蜜的甜味

從妳口裡吐露芬芳

難怪爺爺嬤嬤姑姑和叔叔們

爭先搶奪擁抱妳

回家時、妳溫溫熱熱的小嘴唇

逐一吻遍長輩們的粗皮臉

我貪婪尾隨、饑餓的眼瞳

捕捉攝取生命萌芽過程中

美麗而神奇的變化

皓齒如雪、妳是柔柔春風

撒嬌生氣、眉眼盈溢笑意

跳躍奔跑的小精靈

是歡樂幸福的天使

如珮叮噹　　我不禁聞聲起舞

1993年12月8日於墨爾本

補誌：（長孫女黃如珮別號小叮噹，乖巧可愛，終日笑盈盈，絕少哭鬧。弄孫之樂非
　　　拙詩能形容。去歲末如珮已亭亭玉立、高考得98.50分成績過關、今年就讀墨爾
　　　本大學。前年鋼琴考取第八級、並參加舞蹈團、戲劇團演出歌舞及戲劇；課
　　　餘巧手製糕餅，精湛廚藝令人刮目，實為黃家才女也。2010年3月重讀此詩補
　　　誌。）

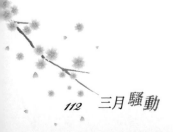

功夫扇舞

「將軍令」迴盪繚繞
觀眾熱血沸騰
雄姿英發的美少年
揮羽扇躍入舞臺
偉岸不動如山
太極功夫倏忽映眼
前移後挪轉身劃圓
中規中矩仿若大師風範
揚扇化成勁風
點穴掃腿旋乾轉坤
想當年華山論劍
大俠英姿也不外似你
悠悠歲月開了個大玩笑
時空倒錯將你從武當絕頂
送到龍蛇混雜的江湖來
你行俠仗義的日子
已從小小舞臺開始
揚名立萬只待時光見證

太極武功由鐵扇揮動

收手屹立儼然泰山側影

高昂傲視天地渺渺

你微笑中讓我那雙肉掌

再次為你擊痛週邊的空氣

註：〈將軍令〉為功夫片《黃飛鴻》系列電影主題曲。

後記：外孫李強十一歲，就讀舊金山名校 *West Portal*，於3月25日學校年度籌款遊藝
　　　會，表演太極功夫扇，勁風呼呼，宛若武當少俠風姿，觀後有感。

2006年3月30日於加州Burlingame旅次

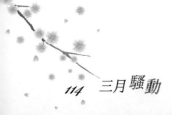

離愁

——送永良乖孫外遊

天未亮便趕去相送
你惺忪睜眼懶洋洋
正想呼喊卻意外瞧見
爺爺一臉的憐愛與難捨

你剎那如怒放的杜鵑花
五官笑成朵朵可親花容
吻你惜你抱你摟你擁你入懷
還沒揮手經已細數你的歸期

三十五日仿若地久天長
都怪你貪玩的父母
沒想到爺孫的離愁別緒
他們懂什麼「親在不遠遊」

才過了週歲生朝
你早已知我識我愛我喜歡我

一如爺爺對你深情投緣
每次相見必然愉悅無限

你對爺爺依賴信任及純情
總讓我樂極忘形
有乖孫如你真是老天對我厚賜
多少感恩也難以表達

吻別時刻我已愁緒盈心
依依離情頓湧
望著你進入閘門時
想念已似潮水般湧來

爺爺日夜引頸期待
乖孫永良早早回來
祝你平安吉祥如意幸福
祝你健康喜悅快樂成長

2006年6月7日

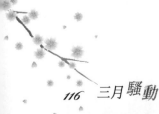

眼色

相見時你歡喜的面容
如春露滋潤我身心
串串笑聲彷彿天籟
從四方八面湧動而來
前奔後跑又叫又喊
讓我也隨你手舞足蹈
瘋狂般擁你抱你摟你吻你
共處快樂時光如甘似蜜

離開時不得不說拜拜
你揚起手掌連續飛吻
多次主動親我臉頰
奔至窗前貼緊玻璃
本來樂不可支笑意盈盈
忽然間收斂變得默默無言
你的眼色居然是難捨難離
一片依依愁情頓湧

怎能理解小小心靈
竟已有了人世間的喜怒哀愁
回眸時觸及你靈動的雙眼
那片愁雲似的眼色
如刀如劍如戮如刃
深深刺進我心臟
多麼不忍讓你每次
相聚後暫別而引起不悅

人生的許多無奈
過早的已在你心中瀰漫
離去時你的眼色
總像忽襲而至的驟雨
意外的將我一身淋濕
你依依眼色讓我牽腸掛肚
還在途中經已對你思念
細細計算幾天才能再見

後記：孫兒永良才十七月大，整日歡容滿臉，人見人愛；爺孫情濃、每週相見兩次，
　　　別時依依眼色，令我心痛不忍。

2006年11月14日於墨爾本

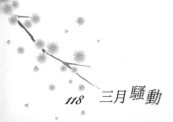

情人港之夜

湧動人潮如歡樂鯽魚

我浮游其中　東張西望尋覓

泳往華埠的方向

不意手推車中稚音

清晰喚著爺爺　爺爺

等了天長地久般的時日

竟然在夜色醉人的港灣

讓你甜蜜稱呼迷倒

再無任何美麗能誘我

你那明亮笑姿　芳芬如蜜

居然逗著爺爺　忘憂忘情

亦忘卻饑腸以及疲乏

唐人街竟因你失去繁華面目

飽食後　開心的還是因為

乖巧伶俐的孫兒

喚我爺爺　等待此刻

沒想到要在你初蒞

撩人的情人港灣

才使爺爺心花怒放　難忘

璀璨如明珠的情人港之夜

後記：嫡孫永良十九月大，早會喚父母及祖母和伯伯，卻對爺爺不假辭色，遲遲叫不

　　　出；並學祖母直呼我名字。不意在燈光燦爛之達令港，卻衝口而出，首次呼喚

　　　爺爺，難掩驚喜，有詩。

2007年1月5日於雪梨情人港Oaks酒店

張伊婷小姐

誘惑我，是妳繽紛的笑姿
芬芳體香溢散蜜汁清甜
在六月仲冬冷冷的空氣裡
妳奔湧的熱情如朝陽

花卉綻放的過程，一如
妳百媚千嬌的多種神態
幻變天地，有若夜空璀璨繁星
照耀天地，我是匆匆的歸人

睡蓮般展放一池美色
醒來時刻五官蕩起漣漪
眼睛閃動明珠的光芒
開腔放喉伊呀呀演唱童謠

懶腰伸移後靈氣顯現
妳眉開眼笑，小美人惹我愛惜

歡喜中驟然變臉，啼聲清脆
令我手足無措只想覓路奔逃

雨過天晴，妳笑靨重開
像彩虹艷麗塗滿我心中

後誌：外孫伊婷三月稚齡，乖巧靈趣極可愛，公孫相對樂而有詩。

2001年6月28日墨痴本

春之喜悅

　　──給外孫女張伊寧

微曦鈴聲一路笑著說
吾家成員添新瓦啦
晨起聞佳音、心中甜如蜜
趕緊上網發佈喜訊
又多了個俏皮的女娃娃
外婆眉開眼笑輕輕擁抱妳
如珠似寶的給阿公瞄一瞄
髮黑又濃、眉淡如絲
精靈眼睛好奇張望
妳還不認識的公公
瞧妳安祥的五官、不像未來世姐
看不出嬌艷誘惑的姿色
清秀花容展示著
卻是初綻時一份至美
不敢接手抱、怕擾妳香夢
也未敢吻妳、恐阿公沒剃髭鬚
刺癢妳幼嫩的粉臉，猜想

何時始能巧笑倩兮、美目盼兮
甜膩膩的心期待著
妳也如汝姐伊婷般與我投緣
讓阿公衷心的祝福妳
平平安安快樂幸福的成長

補記：9月20日凌晨三時許外孫女伊寧誕生，電話報喜，晨起發電郵各地親友。

2002年9月23日墨爾本初春

杜鵑花笑

本來不覺季節流轉變換
那叢爆開的鮮紅艷麗
一夜間悄悄把春移至窗前
每張爭妍的花顏
急不及待將淡淡幽香
送入空氣飄遊
昨晚無意窺見妳安詳睡姿
宛若次第展開的那樹杜鵑
嫵媚又嬌柔的對我微笑
立在床沿徘徊躊躇壓抑衝動
好想輕輕的吻妳　老伴怒目阻擋
唯恐擾妳甜夢　悵然依依離去
話題總纏繞著妳
晨起　訝異於纍纍杜鵑花敲窗
鳥聲悠悠如歌　歡樂跳躍
始知春臨　心喜的事
妳一如盛開的杜鵑花　微笑
把美寫入我眼廉

後誌：杜鵑盛開始知春臨；夜訪外孫張伊婷（7月稚齡），姑娘早眠得窺睡態美若春
　　　花，有感。

2001年10月仲春墨爾本

晨運記事

沐浴涼風微曦天地靜
健身漫步四周群花招展迎我
色彩繽紛翠綠養眼青釉連綿
鳥聲偶然滴落　長街寂寂

玫瑰庭前嬌艷勾魂
蟹爪菊望我縱情歡笑
如雪飄降、米仔蘭淋濕鬢髮
天堂鳥傲立、藤蘿纏繞圖書館

蒲公英遲眠未醒
杜鵑早已荼蘼凋謝
橫巷薔薇靦腆含羞
只有溫柔的蘭花幽幽送香

水仙仙蹤渺渺難覓
埃及教堂前桃花裸露

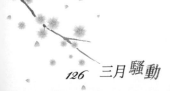

處處黃菊喜容奔放
花瓣露珠晶瑩滋潤

眾花爭麗奪魄鬥美、不及
外孫伊婷姑娘的清純
她是我心中的明珠
抱她疼她甜笑就開在臉上

2001年12月23日

甜蜜聲音

再也沒有任何聲音能讓我

感染到如蜜芬芳

甘甜自話筒湧入心扉

四肢百骸驟然輕鬆似騰雲駕霧

妳四射的魅力迫來

還未近身已難抵擋

清脆的語音在電線另一邊

如火焚燒我的心

猶如見到妳爽朗的笑姿

無邪的張臂迎我

妳說最愛最最愛公公

要去公園妳要去玩鞦韆

還有什誘惑能立即讓我

飛快趕赴妳這小甜心之約

放下電話四週空氣總是

繚繞著妳稚嫩甜蜜的聲音

後記：外孫女伊婷二十七個月稚齡，天資聰穎、已懂電話用途，在話筒中要我帶她去
　　　公園，聲甜動人，公孫投緣樂無窮。

2003年7月4日仲冬墨爾本無相齋

思念

——給孫女伊婷

妳輕輕在萬里外叫喚
我耳中盈溢甜甜的聲音
電話傳來妳心內
一份濃濃而迫切的想念
如何使妳小小腦袋明白
阿公已身廁太平洋另一方
每天觀望日落時
在金光霞影裏
也如妳一般
把思念寫到天空上
然後妳的笑意妳的形像
就隔空傳至
好想立即凌空飛回墨爾本
把妳緊緊又擁又吻
才分手就已開始兩地相思
婷婷乖乖、公公惜惜
等阿公回來立即帶妳
去妳最愛去的公園

2003年11月6日於舊金山旅次

Honey

為了讓美人展顏
使出渾身法寶　無非
想要聽一聲如痴似醉的稱呼
Honey該是親愛的是蜜糖是甜心

也真不知妳是如何解讀
芳心大悅時我就成了Honey
變臉後一連串的「不」字
如刀如刺如劍朝我的心揮砍

初見時如膠似漆
又抱又摟又擁又送飛吻
小小心靈經常更改
剎那間就把Honey收回去了

任我低聲下氣苦苦哀求
甜言蜜語說盡

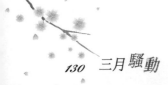

妳嬌柔的神色如如不動
回眸有春風拂過的涼意

妳就是我最最喜愛的甜心
我卻要待至美人開懷時刻
才能聽聞那句銷魂蝕骨的Honey
已樂趣無窮　歡喜整日

後記：三歲半的外孫女張伊婷天資聰敏，乖巧伶俐，清麗脫俗；芳心大悅時我便成了
　　　她口中的「Honey」，不樂即時收回，轉贈外婆婉冰。弄孫樂樂無窮，有詩。

2004年8月21日無相齋

妳的歌聲伴我走天涯

曼谷機場摟別，望妳
纖纖姿影隱進閘門
瀟灑帶走我痴痴的眸光
我的魂魄依依尾隨

掛念從那刻便已開始
我的軀殼驟然失落
妳溫柔的滋潤
漸漸枯萎困頓

歐洲酷寒迎我卸下
超重行囊，驚訝妳
化身洛陽郡主，秘密伴我
萬里遊，我竟是拾釵人^{（註）}

幽居生活，滿室是妳妙音
妳幽雅的歌聲，彷彿飄雪

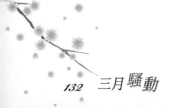

融我身心，入我甜夢
冷冷清清慰我孤寂

茫茫天地陰沉昏暗的北德冬季
仙樂繞樑解我相思待明春攜釵還妳

註：抵德國喜見行囊錄音帶，為妻婉冰的粵曲，拾釵一段她飾洛陽郡主。

1996年作於德國旅次

初秋頌詩

——賀愛妻婉冰芳辰

有情歲月總是溫柔而浪漫
日子像朵朵染黃的葉片
飄落飛舞盤旋在眼簾

又是初秋翩翩而來
美麗如妳的笑姿
徘徊在寧謐安靜四週
共看無雲無風的藍空

讓花香送來清甜芬芳
楓林道上大小青釉葉子
開始用淡黃之色向妳祝壽
金秋不過是此時此地的季節
本來該是江南初春繁花似錦

妳是春的化身也是秋之神
攜手齊看春花秋月

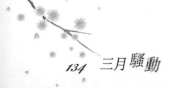

秋天顏容總要把繽紛霞彩
送給有情人贈給愛侶
妳綽約而含蓄的溫柔
是天地的原香原味

秋色總是急不及待趕著展示
本來面目的花容本來面目的葉片
歲月一向就多情
我愛秋天原是因為
妳是秋月嫦娥的化身
是溫婉冰清仙女降世
百鳥圍繞的美麗鴻雁

讓我們依偎牽手步入
秋風秋聲秋葉秋意的圖畫中

2004年3月初秋婉冰芳辰前夕於墨爾本

形影相隨

——給愛妻婉冰的詩

收拾行囊時觸及
妳依依的眼色
悄悄把這抹眸光
輕輕摺進手巾裡
旅途中想到妳的溫柔
貼藏在我褲袋內
彷彿我們結伴同遊

妳靦腆的遞來
「觀柳還琴」，是粵曲唱帶
讓妳的歌聲隨我走天涯
在歐洲寒冬飄雪時刻
盈耳將是妳纏綿的音韻
暖暖奔流過我寂寞的心房

相片就免了吧
只要掏手巾，妳便像精靈

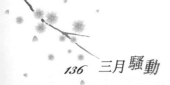

顯現，聽耳機、繞樑妙音
是妳展喉，我過重的行李
收藏了妳的形妳的影妳的聲

補記：一九九六年底赴歐探親，老伴依依難捨；交我唱帶、竟是她唱的粵曲。旅歐聆
　　　賞聊慰相思。

1996年11月於德國旅次

母親的墓碑

烏黑着臉的大理石
不方不圓，冷冷的屹立
在千塊洋文碑林裏
獨獨您孤零零的引頸
用東方那張容顏
憔悴企盼，不單幽魂們
難明，陽界過客也沒法
猜測：「先慈母之墓」
無姓無名，誰會知悉從福建同安
去國之少女半生浪跡越南
相夫教子演完賢妻良母角色
晚年逃難德國而埋骨異鄉
懂方塊字的弔者才明白
泣立碑石的孝男是黃家昆仲
玉液、玉湖、玉淵這三個名字
是您的骨您的肉您的榮耀
是您的延續您的生命您的歡笑
過了七個飄雪的寒冬

我才初次跪在雪地裡輕輕
擁抱您，啊！這麼一塊不圓不方
竟然又硬又黑的石頭
怎的溫柔如水，雪花也慈祥的
像您當年摟我抱我的雙手，冷風中
碑石顯現您那似有還無的微笑

1993年2月8日於墨爾本

母親節飄飛的賀卡

清明那天心情鬱鬱

萬里外孤塋碑石的方塊字^{（註）}

鏤刻的人名冷冷傳至

掃墓踏青彷彿短程旅行

我是迷途離隊的異鄉客

尋不到那片餵飽焦點的風景

徬徨中被拉扯進五月

母親節氣氛已處處渲染

卡片堆裡細細挑選

才驀然憶及您瘦立雪花中

枯柴之手含淚揮別

永訣九年，總難接收陰界訊息

在天下人子歡樂度節時

望您遺照含笑的眼眸

燃心香代鮮花

用濃濃的思念替禮物

把酒仰視茫茫空宇

深秋飄舞的落葉都是我寄發的賀卡

註：五月為墨爾本深秋時節，先慈埋骨德國北部杜鵑花城。

1994年母親節前於墨爾本

風鈴聲

——先母九週年忌

鳥鳴從八方奔湧而至
在微曦的薄光裏
我睡意朦朧中彷彿聽聞
一串清脆悅耳的鈴聲
正與眾鳥和奏，我震撼的靈魂
被誘惑著走入庭園
前後尋尋覓覓，驚飛樹上群鳥
而鈴聲還是隱約斷續的流瀉
猶如您幽怨的眼色
要訴說未及表達的心事
霜寒露冷的冬晨，我驟然想起
竟已是七月，難怪這陣子
我看來滿懷愁緒哀思
風鈴就像生命，需要呼吸
今早必定是您猛搖著我的心
盈耳那片起落叮噹的鈴聲
才會在我夢裏聲聲傳來

補誌：先慈逝世九週年，埋骨德國、與澳洲相距二萬八千公里；七月忌辰，不孝未能
　　　赴德掃墓拜祭，哀念成詩。

1994年7月9日於墨爾本

掃墓有感

朵朵康乃馨蘊藏

我整整十年的思念

天涯遊子不論清明重陽

也尋覓也踏青

澳洲的墳地墓園，卻找不到

那塊熟悉的碑石

唯有悵然北望，燃點炷炷心香

我是萬里外失群的孤雁

振翼悲鳴情懷濃濃

託寄白雲清風

今朝持花踩雪

涉足茫茫冰地碑林裡

您早已引頸含笑展顏

母子重逢千語萬言

陰陽界旁有話難說

零下酷寒氣溫，冷凍地底

慈親竟一睡十載

長眠中是否夢見

我已攜婦前來獻花拜祭
康乃馨鮮紅怒放
猶若是您慈祥的微笑
跫音像聲聲叮嚀，回首望
您仍立於雪花飄飛中依依招手

1995年12月30日德國旅次

百日祭父魂

趕路的心情
比澳航德航超音速度更快
雪梨東京法蘭克福之後
百來梅機場展臂迎我
急急奔向那斷腸的喪禮

您沉沉睡姿有點僵硬
安祥交疊雙掌，棺槨是
舒服的眠床，閉目張口
無言相對，再難聞
滔滔不絕的高談闊論

大和尚用您難懂的經文
超度我思念的悲苦
黃土蓋鮮花，兩界陰陽
骨肉父子，未知您是否
還有夢依舊，能聽我呼喚麼？

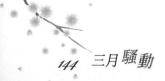

彈指百日，上香遙祭
栩栩如生的油畫遺照凝視
迷茫煙霧裡我苦澀的追思
塵世情緣，爸爸啊
您魂歸何處呢？

1997年8月15日於墨爾本

母親忌辰

步入大廳習慣性仰首注目
慈母的遺照總是笑著
整整笑了十八年依然燦爛
歲月輪迴彷彿在夢中
歐洲小鎮雪花飄飛含淚揮手
母子永別後我苦苦追尋
慈親縹緲的魂魄游離何處
人在澳洲我從此無墓可掃
到過德國幽靜的墳地祭拜
未悉泉下是否接獲我點燃的心香
後來老父也安息在相同的墓穴
冬季零下二十七度我凍硬的手持着清香
輕聲追問媽媽啊您冷不冷
雖說音容宛在卻再難溝通
母子緣盡後除了思念祭祀外
十里紅塵大千世界相逢再無期
時光悠悠流轉看着子孫成長

母親的笑姿更見慈祥

祭台鮮花供果、我燃香三炷跪拜

慈親笑聲從天庭上隱約的傳來

後記：先母於1985年7月30日往生，慈親離世前我遠赴德國探視，風雪中母子含淚相擁

　　　生離，竟成永訣，轉瞬十八載，忌辰祭拜有感。

2003年7月30日於墨爾本

2003年9月發表於臺灣《人間福報》

母親的微笑

騰雲駕霧的隊伍
在優雅虔誠唸佛聲中
母親被父親牽著手
趕集似的匆匆走過
訝異瞧見岳父也在行列中
一眾歡天喜地的前往
肉眼無法窺見的極樂世界
長輩們齊齊向我招手

慈親䫫䐃的容顏如昔
挪動身軀時不忘朝我
高舉起右手輕搖
少有的展開一臉愉悅的微笑

嚴父照樣心急的輕呼
要母親加速腳步
母親的笑意如朵盛開蓮花
感染著我和四周的時空

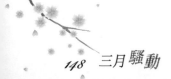

十九年陰陽分隔從無再見
苦苦追憶也無法在夢中相逢
不意光天化日下竟可親睹
母親慈愛又安祥的笑姿

非夢非幻的入定中
母子電滋波竟已相通
今天子孫都回來焚香叩頭
遺照笑姿格外璀璨亮麗

後誌：先母辭世十九年，今年元旦於臺灣參加禪機山混元禪師主持的六萬人祭祖大
　　　典；送靈時得見先父母及先岳父、隨著靈隊移動，實不可思議。知悉母已往生
　　　極樂，今日母親忌辰子孫拜祭，有詩。

　　　　　　　　　　　　　　　　　　　　　2004年7月30日於墨爾本

仲冬祭慈母

歐洲年年七月酷熱時
卻是墨爾本仲冬時節
天空瀰漫著冷冷的霧靄
情難自禁總憶起那年飄飛白雪

雪中母子相擁飲泣著斷腸分手
我在車中頻頻回首
滿眼淚花仿若窗外雪絮
剎那竟已是二十三年前往事

無法在腦海裏刪除的記憶
夢境苦苦纏繞　總念著
要再往德國杜鵑花城掃墓
還未起程　七月就又匆匆來臨了

遙祭母忘靈前稟告
成群兒孫的種種生活趣事

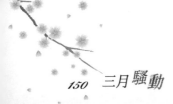

供拜水果紅燭清香
慎終追遠好讓子孫們永遠銘記

您慈祥遺照洋溢著淡淡笑意
安靜寧祥的在極樂世界享福
每年七月都要飄洋過海
前來領受子孫曾孫們的虔誠叩拜

敬愛的媽媽　魂兮歸來吧
我在墨爾本冷冷的仲冬裏
思您想您追憶您懷念您遙祭您
嗚呼魂兮歸來　安息吧媽媽

2008年7月仲冬先母辭世二十三週年忌辰

輯四

花鳥

千蝶屋

幽幽重門鎖起整季春天
我走入千蝶屋織夢
莊子笑吟吟的摟我抱我
翩翩飛舞的那片艷色
猶似晚霞變幻的七彩

假山假石配合釉綠的樹葉
妳們婀娜展翅圍我繚繞
用最熱情的嘴唇吻我
仰首發現，再美的翅膀
也無法衝出那層隔離天地的羅網

莊子的夢囈在我耳邊呢喃
我悲哀的衝出網外
驀然回首始知已被千蝶遺棄
蝴蝶的笑聲快樂的傳來
唉！子非蝶又焉知蝶之樂呢

後誌：墨爾本動物園內有座千蝶屋，數千隻各類彩蝶飛繞，供人欣賞。

1993年12月4日於墨爾本

笑鳥

豪壯爽朗的笑聲
劃破長空，撒成一張無形之網
前後左右上下六方、遠遠近近
彷彿驟雨、又如狂風
音波點點滴滴嘩啦啦撲面而至
宛若古蜀道雲山間
持劍傲立的江湖漢子仰天長嘯
而南國晴空下
展翅掠過眼瞳的羽翼
土黃斑斕，回眸睥睨
任由相機對焦吞吐菲林

鳥音啁啾自成天籟
方圓千尺內迴旋起伏
繚繞的笑聲忽然傾倒
絕沒想到寂寂水湖畔
有飛禽對我呼喚
久仰大名的笑鳥，與我

咫尺相視，用歡悅的笑聲
引我靈思誘我詩情
繼而振翼衝天沒入樹林
湖水默默、盈盈笑語
隨風而逝⋯⋯

註：笑鳥學名為KOOKABURRA。

1997年10月於墨爾本

蟬聲

聲音滿天滿地覆蓋淋下
像圓月柔光，破雲而出
傾瀉照耀，仰臉
只見層層疊疊的楓葉
綠浪般搖曳
潮聲奔湧，又似廁身汪洋
小魚舟拋滾，上下顛簸
蟬聲四面八方齊鳴
聞聲難覓其影，吵鬧彷彿
古沙場兩軍對仗，戰鼓雷響
喊罵嘶喝轟炸擊碎宇宙的寂靜
落荒奔逃，我閉戶鎖窗
難擋遠遠近近前前後後萬千句
熱切的呼喚
薄薄蟬翼擂動的音波
把炎炎的夏天送來澳洲

1997年12月31日

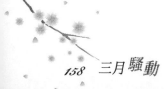

蟬鳴

滿街楓樹突然齊齊發聲
仿若天外傳來鬱雷般從遠迫近
驟變成淋不濕身的聒噪暴雨
愕然仰望重重疊疊的楓葉

竟找不到那隱匿葉上眾蟬姿影
每天總好奇的尋尋覓覓
想一覩芳顏看看是何長相
窮盡目力也只是楓葉影影綽綽

鳴聲中硬是將初夏推來了
無論晨昏必展喉嘶叫
比交響樂的聲波更高分貝
比古戰場戰鼓更震撼

蟬聲靜心細細聆賞

竟也是一片寧神天籟

初夏以這串響亮歡呼掀開序幕

鳴金收兵時必是蟬翼脫盡又再輪迴

後記：家居爺楓林道上、春末眾蟬聒噪、聲浪晨昏響徹。漫步時宛若暴雨傾淋，午睡
　　　齊奏又如交響樂、天籟妙音促好夢，有詩。

2009年12月1日初夏於墨爾本

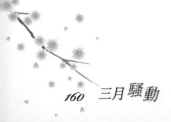

青蛇

西安古城外，妳是
千年修練幻化人身的青蛇
我是失魂落魄獨行的書生
徘徊於金山寺寶塔邊
妳屋簷的風鈴如妳的笑聲
從前生就呼喚著我
蛻皮時，妳赤裸招展
誘惑眾生貪婪的眼睛
以躍撲之姿吐舌
舔吻我久已飢渴之唇
妳青青的鱗身舞動
冷冷而含情的目光凝注
我是無路可逃的獵物
在靜待死神駕臨剎那
仍迷惑於妳張口時
溫柔似清風的淺笑
本命年，眾蛇群舞中
妳幽幽的嘆息，棄我而去……

補註：蛇年，想起蛇精的故事，蛇女美艷善良，倒是施法的和尚可惡，拆散良緣，讓
　　　癡情書生遺憾。

2000年初夏於墨爾本

花雨

幽幽蘭香穿堂入室
是妳驟然將春天的裸姿
展現青翠樹梢上
群鳥紛紛議論，笑說昨夜
那場細雨流傳的緋聞
入耳聲聲，妳痴痴誘我迎門
庭園石徑尋覓，風過處
花瓣嘩啦啦飄降似雪
像雨點的米仔蘭霜蓋我
仰首枝葉，纍纍花容
爭相緊疊擁抱，哀音自天庭
滴落，嘆息著春步遲遲
滿樹花雨淋，吻我浴我
徘徊暗禱，請春留住妳

後記：庭前兩棵老樹，春末萬花齊放，暗香盈動，落瓣似雨淋我滿身，驚艷成詩。

2000年11月春末於墨爾本

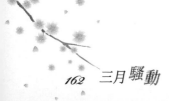

花魂

紅白兩樹的鮮花
遙遙相對著　在冷冬的微風裏
競賽般以百個千個笑臉
璀璨又開心的迎我

受不了過寒的摧殘
也難知是午夜或晨曦
以整朵的姿容飄旋而下
行人道上積起兩堆落花

紅彤彤的一地茶花
如老去的紅顏
白蒼蒼的花卉也凌亂堆疊
似有無盡的哀怨

地面千朵花魂映入眼簾我徘徊嘆息
兩樹茶花自在無礙的在冬風裏爭艷

2004年8月17日深冬於墨爾本

鳥之眼

你的眼色像寒風中
傳來一曲笛音
蘊藏難以描繪的哀愁
絲絲入扣震撼著我的心靈

是你小小的眼睛
盈溢那點點滴滴恐懼
讓我憂傷而驚慌失措

面對你脆弱生命在冬夜裡
掙扎　我徬徨的心被抽打
輕輕抱你遠離冷冰草地
忍不住細心讀你

你茫然的眼睛想訴說甚麼
漸漸黯淡仿似夜幕將降時刻
裹你以棉布抗寒　然後為你祝福

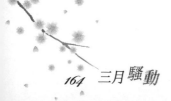

整晚輾轉難眠忐忑猜度
無法解釋你眼神的秘語
晨曦初露而你竟已長逝
後園葬你　微風中笛聲走遠了

2001年6月26日於墨爾本

後記：冬夜遇病鳥觀讀其眼，相對茫然；翌晨鳥殁，葬於後園，以詩安其魂。

鳥籠

鶯鳴嚶嚶
曾經
風光過好些日子
自從兩隻小鳥死後
籠門打開了
只有風流來流去

鳥籠
空
　空
掛在園裡
安靜等待
小鳥投懷

依然聽到清脆的鳥聲
掛著的鳥籠還是空空

2001年11月春末於墨爾本

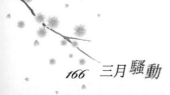

鳥聲

像搖鈴、在風裡遠遠送來
細細碎碎的那些甜言蜜語
爭著傾吐相思
吃醋反目後叫罵凶狠
窗外一片無休的喧嘩
吵鬧戛然停止、寂靜回歸天宇
久久、如怨似泣的低音
又把清晨的空氣敲動
啁啾唱酬如輕霧飄飄湧至
彼起此落。仿似微浪拍岸
引吭長鳴、鳥們興奮張嘴
暴雷激發，嘩啦啦像過雲之
驟雨……
不及細想，那陣鳥聲
迎頭淋下
　　我全身都浸濕在
　　　　音波裡浮沉

1992年5月24日作
2003年初春重修

飄零茶花

躺滿行人道上
繽紛重疊依然展顏
在仲冬冰凍的深宵裏
悄悄縱落、再輪迴前留戀著
枝椏垂掛的蓓蕾
想當初也還不是驕矜傲笑
期待花開時節之美麗姿影
無奈寒風夜雨摧殘
縱使千般不捨也得搖身飄落
花容仍鮮艷如初綻的少女
卻無枝可棲息無地可招展
讓往返的路人匆匆踩踏
相距不遠兩棵茶花各以紅白顏面
對我這個惜花人訴說著纏綿故事
晨曦微露漫步時隱約聽聞
眾花魂竊竊對我評頭品足

滿地茶花淒楚的姿容

使我繞道不忍足印相壓

補誌：晨運漫步，寒冬映眼皆枯枝，後街兩棵茶花樹猶開滿紅白鮮艷花朵，一地落
　　　瓣，眾花重疊，雖繞道仿似花魂仍追纏。

2003年7月28日仲冬於墨爾本

米仔蘭

初夏酷熱　花瓣處處飄

蟬聲似戰鼓

雷鳴急迫催人心

門前屹立濃蔭老樹

纍纍花蕊球球相依偎

風掠處　眾花蕾競賽奔赴

再生的輪迴　躍起旋舞空中

紛紛飄落如雨

花魂纏綿糾葛　把幽香

散入周遭氣流

朵朵開已未開的米仔蘭

在蟬聲催魂中

爭著把裸裎身體

作生命終結前的展示

躍下以色香迷惑眾生

相擁堆疊的花朵漸漸在時空中枯萎

蘭花譜中最不起眼的品種

竟以壯烈之姿奔踴飛躍
讓生命止息前
繽紛噴香　與蟬音爭艷

後誌：庭前老樹繁花纍纍，花小如米，俗稱米仔蘭，初夏吐濃香，蟬鳴聲聲催，風過
　　　處相擁奔落，如雪如雨，花屍堆積門徑，惜黛玉離魂，葬花玉人難覓。

2003年12月9日初夏於墨爾本

花容

匆匆擦身而過時
意外驚訝妳一身火紅
烈日般燦爛旋開
一團艷麗的微笑
有點羞赧之情
彷彿難於啟齒
我如被雷擊的心事
就都寫在無從隱蔽的臉上

妳艷紅的盛放
只為了讓我偶然的駐足
捕捉我靈魂深處濃郁的深情
或根本無視一雙雙
留戀而庸俗的眼眸
引來了狂蜂浪蝶
紛紛飛繞在妳鮮紅的姿容前
妳的幽香飄散在我的夢鄉

痴情的期待妳展顏

那朵獨一無二的紅玫瑰

竟已黯然在我的心靈

像碎夢似

一片片

　　飄逸

　　　　旋

　　　　　落

2005年2月8日猴年除夕於墨爾本

風花雪月

風

仲春庭園盈溢濃郁花香
風無影無蹤飄然而至
發現時要是拿幾個大膠袋
裝滿後蘊藏起來
等盛夏炎熱季節在室內打開
讓清涼淡香的感覺爽我肌膚身心
那總算能把春留住了

花

八月深冬的第一天
門前那顆櫻樹驟然爆出
纍纍z（∪_∪）z放的花朵
竟將我眼睛痴痴的吸吮
趕快拍下美艷芳姿

要不然等初春蒞臨
花早凋零只剩一樹嘆息之聲

雪

二十二年前德國小鎮紛飛雪花
讓我頻頻回眸凝睇
濛濛視線是母親（@^^@）上淚珠
母子雪地飲泣生離　百日後
永訣驟然如轟雷擊我
哀痛成了雪的記憶
媽媽已成了宏偉的雪人

月

那輪圓月一路（^__^）y著
從故鄉照到了新鄉
都說外國的月亮特別大
比較南越、廈門和澳洲
我總迷茫難下定論
因為忘了何地是外國
多情的月亮把風花雪都惹笑了

註：詩句中表情符號依次是「怒」、「臉」、「笑」。

2007年墨爾本深冬

魚之吻

有薄有厚四片唇
忽然觸電相碰撞
難分難離緊密迎合
急不及待吸吮對方
吞嚥肺葉中盈餘的氧氣

美人魚終於躍出水面呼吸
你最難言的心事是無法割斷
宿命中那不雅的尾巴

你苦苦掙扎誓要擺脫
忽被絲網纏擾的身體
讓吻的深度提升浮力
如蘭之舌尖挑逗對方靈魂

彼此甜蜜溫柔的狂吻著
忘了天色忘了網內網外
你多情的眼眸溢滿哀傷

我只是個冷酷的漁翁
縱不忍也慣性的收網回航

竟忘情想著深吻魚唇是何種滋味

後記：昨午陪香港「陳伯」伉儷參觀維州博物館、見彩魚水缸中唇吻，浮想有詩。

2009年12月8日

178 三月騒動

輯五

時事

科索沃危機

北約飛機像蝗蟲
呼嘯掠過南斯拉夫高空

沖天紅光不是節日煙花
悶雷聲由遠而近，驚醒
熟睡中的孩子們
母親罩著烏雲的臉惶恐如黑夜

彈落若暴雨、像山崩似地震
貝爾格來德的建築
爭相倒毀、把沙石還給土地
火車燃燒、傾斜斷橋飲泣

鬼域的科索沃城市
敗瓦殘垣的碎礫堆裡
幾張失血的臉蛋茫茫凝望
警報聲淒厲如狼嗥

破鞋隊伍越嶺穿山
難民們扶老將雛，默默趕路
逃向前方，拋鄉棄園
國仇家恨串成淚珠滾落……

後誌：3月24日起北約戰機空襲南斯拉夫，每日電視新聞將戰地實況播映，觀看有感。

1999年4月14日

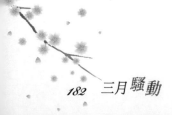

九一一事件

世界金融中心，繁華都會
觀光遊客的景點
巍峨屹立雲端，傲視天下
九月十一日那聲宿命巨響
吞噬了整駕超音客機

火光烈焰爆揚熾熱的煙花
在百千對眼睛驚懼神色裡
又一部飛機衝入另座高樓
地球暈眩呼痛

剎那間兩棟高山似的建築
層層垂直崩落消失
灰飛煙滅，幾千人的活葬場
在紐約烏黯的天空　傳出
阿拉真主殘酷的冷笑

註：2001年9月11日，紐約世貿中心兩座大廈先後被恐怖份子劫機撞毀，死傷無數，引
　　致美國結盟出兵攻打阿富汗，消滅賓拉登為首的恐怖組織。是為「九一一事件」。

2001年11月9日

阿富汗難民

喀布爾滾滾塵沙的泥路
騾子和人群組成襤褸隊伍
攜老將雛拖男帶女呼兒喚妻
所有眼睛皆空洞迷茫
驚怖的喘著氣
仰
望
隱沒雲端的美國戰機

炸彈爆響之聲
竟與心跳同率
營地帳蓬連綿如山丘
卻已無容身地
孩子拾回空投的乾糧
歡歡喜喜，父母猶豫著
該感恩阿拉真主
還是多謝AMERICAN

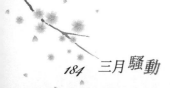

半生朝夕虔誠祈禱
猜不透偉大的真主
阿拉殘酷的聖意
難民營是可蘭經上天堂

註：喀布爾（*KABUL*）為阿富汗首都，美國攻打阿富汗恐怖份子，兩百萬難民湧至
　　邊境。

2001年12月初於墨爾本

火魔

萬眾騰歡的佳節
雪梨天空烏著臉
美麗的藍山
千百棵古木哀號呻吟

火魔狂燃像憤怒的突圍困獸
左衝右刺前後奔騰
幫兇的烈風
頑皮的將火花吹向遠遠近近

鳥獸飛禽覓路奔逃
居民午夜驚夢慌張拋家
棟棟房屋剎那成灰燼

無淚的災民們
哀傷面對煉獄般
荒涼恐怖的劫後家園

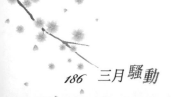

八百里路燎原火海
吞噬連綿大片山林
地球呼痛之聲搥擊著我脆弱的心臟

釉綠青蔥的色彩
被惡火強暴肆虐
焚燒飛灰，焦顏炭化

節日歡喜心情抖落
黯然一如千里外的災黎
望天祈盼甘霖早降

補記：去歲末耶誕前、雪梨郊外山林大火燃燒至今已十餘日，焚毀八百里路林木，房
　　　屋數百棟，幾千救火員日夜奮戰，火魔依然肆虐。

2002年1月4日於墨爾本

裸舞祈雨

老天爺鐵石心腸再也不肯
掉下眼淚、蒼茫大地
苦苦的等待雨露滋潤
本來青綠的草原變了臉

誰在暗中掀風、在地心點火
讓滾滾熱浪染黃了山麓
牛羊跪倒、瘦骨無力支撐軀殼
空虛的絕望的眼神瞪向藍藍晴天

烈陽烘烘照耀、土地成了烤爐
光禿禿的山丘覆蓋一片焦黃
龜裂的田地呻吟著
乞求上蒼的憐憫和仁慈

幸福之國遭遇了天譴

大旱災難怵目驚心

但願眾裸女們的裸舞祈雨

能讓老天爺感動落淚

後記：澳洲大旱，水資源短缺，日前往首都坎培拉目睹沿途焦黃一片；維州中部百餘
　　　婦女學習土著風俗，集體裸舞祈雨，老天是否歡喜裸女舞姿有待分解。

2002年12月14日於墨爾本

祝融

聽說都是閃電惹的禍
也因為聖嬰現象造成
草原和樹葉一片乾旱焦黃
老天無淚、海龍王沉醉不醒
居然可以經年不降甘露
當森林熱情過度，火花點燃
火舌以蛇行的速度吻著
坎培拉首都外圍寧靜的山區
從南西北三方悄悄擁抱
美麗幽雅的權力中心城市
大火會合後，忽而怒不可遏的
瘋狂吞噬了五百三十家民居
以及舉世知名的那座天文館大樓
三百個被焚傷的人、呻吟聲不能吵醒
那條醉龍，四個被燒死的無辜冤魂
以及上百個裸女們的乳波臀浪^(註)
也不能引起老天爺的垂涎
火魔大肆擴散放縱的狂舞亂闖

烈火從昆州至紐州而維州再到
西澳柏斯，最後連與世無爭的
塔斯瑪麗亞島嶼也被光顧
每晚從電視機播映出的是
一條又一條不同的火龍在飛舞
火魔淫笑的聲浪讓上千的救火員
疲於奔命、大家同仇敵愾
咬牙切齒與妖火誓不兩立
被狂吻過的首都宛如核子彈原爆後
蕭殺悽涼和恐怖混雜在眼前
每年夏季、世外桃源的人間淨土
都要經歷火魔的蹂躪、無辜的大地
森林和各種動物以及居民
要與獰笑的野火抗爭，而後
樂天知命的享受著和諧平靜
安祥幸福的生活

註：澳洲百年大旱再遇森林大火焚燒月餘，百名婦女學土著風俗、在維州中部裸體祈
　　雨，可惜海龍王醉臥未醒，甘霖不降。

2003年2月3日季夏

海嘯浩劫

凶殘的地牛瘋狂翻身
以九級驚悸之勢
在南亞海底那麼隨意
伸張一下骨骼

如此激怒了海龍王
把積壓之怨氣
長長的噴出去
千層高浪萬馬奔騰衝刺

九個國家沿岸
驟然被驚濤駭浪襲擊
怒海狂嘯聲中
剎那造成了世界浩劫

泰國普吉和馬爾代夫
印尼的亞齊到斯里蘭卡

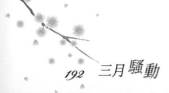

又從印度伸至孟加拉
還有緬甸和馬來西亞都被蹂躪

彷彿是影片「明日之後」
那些矚目驚心的鏡頭重演
恐怖的海浪摧毀了沿岸建築
捲走了數萬無辜的生命

當時正是耶誕翌日
節慶和諧氣氛全被破壞了
想是上帝和阿拉相約
雙雙攜手渡假去啦

才任由瘋癲地牛和狂妄海龍
如此放肆翻天覆地大開殺戒

後記：12月26日晨早八時，印尼蘇門答臘海發生九級大地震，（閩南人稱為地牛翻
　　　身）引起海嘯，波及南亞九國，浩劫使八萬多人亡，災場恐怖情形宛如影片
　　　《明日之後》。

2004年12月29日於墨爾本無相齋

屠夫伏法

巴格達峰煙處處燃燒
槍林彈雨的殺戮日日上演
血腥味濃烈之城
年終傳來了大屠夫伏法喜訊

全球億萬觀眾從電視螢光幕上
目睹薩達姆被吊死的過程
淪落世界各地的伊拉克人
激動擁抱喜極而泣

伊拉克大城小鎮鳴槍祝賀
染滿人民鮮血的劊子手
最終惡貫滿盈難逃報應
被害的冤魂們額手稱慶

滿臉鬍鬚面色蒼白的屠夫
任由行刑者擺佈
吊臺上粗繩套頸後　按下開關
大獨裁者薩達姆即變成死屍

天災人禍的二〇〇六年凶歲終結時
就在大除夕前天
苦難的伊拉克人民總算收受了
這份屠夫伏法的正義大禮

當然還有侵略的屠夫布殊
伊朗　古巴　北韓　利比亞等等
獨裁狂魔們的末日
遲早必將步上薩達姆後塵

等到所有苦難的國家
被迫害的各國不幸人民
都將屠夫們送上死刑臺上
我們再來舉杯慶祝狂歡大笑

2007年元旦於墨爾本

光明火炬耀神州

百年前很希臘很詩情的火種
從雅典點燃後一直大放光明
晝夜奔馳、過千山涉萬水
終於朝著古老崛起的神州
一路披荊斬棘的趕來
不管有多少狂風驟雨
有多少粗暴阻擾
多少無理抗議
光明之火還是勇往直前
無懼一切塵俗紛爭野蠻血腥
亮麗的火種依然照耀世界
象徵正義自由的奧林匹克精神延續
海內外十幾億炎黃子孫企盼仰望
騰歡笑聲和著激動的淚水
虔誠的接火種拜火神恭迎火炬蒞臨
遠離故園的遊子們
也點燃心中不滅之火
為神州歡呼為中華民族高唱頌歌
二〇〇八年八月八日八時火炬光芒

將剎那點亮了「鳥巢」、燃燒著和平之光

崛起的神州啊黑暗終已過去
奧林匹克火炬照耀著整片海棠葉
很希臘很雅典也是很中國的火炬
必將萬古長青的點燃下去
那是人類希望之火
是民主自由之光
是道德正義
神祇靈氣
化身為不滅的神聖火炬
代代相傳的發揚著
奧林匹克精神
崛起的古神州萬民騰歡
偉大的中華民族啊
苦難終將成為歷史了
就讓火炬燒毀一切牛鬼蛇神
展示我大中華的強盛意志
不滅的火種一路跑來一路趕至
代表了全人類的希望全中國的企盼
讓我們同時點燃永不熄滅的心火
迎接偉大的時刻齊聲祝頌中國萬壽無疆

2008年4月22日於墨爾本無相齋

地牛怒吼

山大王君臨天下時刻
本以為那隻溫順的老牛
會挾著尾巴乖乖的遁隱
回歸仙境清修養老
再等十二年才重登舞臺

冷酷的人類轉臉卻似火熱情
歡欣鼓舞的迎接金虎
早將辛苦的老牛忘到九霄雲外
牛兒心有不甘的大發脾氣
竟忽然胡亂翻身怒吼了

本來千般隨和的地牛
多少年來都安靜酣睡
該是人類造的孽
日夜抽取石油礦產水源
擾攘到地底精靈無處安身

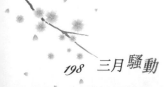

牛尾以八點八級之力擺動橫掃
南美洲智利的幾個城市
七百餘人剎那活埋了
公路龜裂石橋斷落高樓倒塌
映眼處處敗瓦殘垣皆成廢墟

震區兩百萬災民恐慌奔逃
全球人類目光凝視螢光幕
心被撼動魂魄勾走
海嘯這次並無掀起巨浪為禍
慶幸之餘世人沒有吸取教訓

想讓地牛莫要翻身唯有停止造孽
齊心環保拯救經已垂危的地球吧

後記：送牛迎虎年、2月27日智利八點八級地震，七百餘人罹難、失蹤數百。災民兩百
萬人，城市變廢墟，摧毀建築物橋樑公路，極之恐怖。這三天內包括智利、菲
律賓、西藏和花蓮海域共發生十次地震。閩南人稱地震為「地牛翻身」。近年
天災頻繁，可能與人類過度摧殘地球有關吧？

2010年3月1日初秋於墨爾本

雹暴

實在不知道老天爺為何震怒
竟然呈現極端恐怖面孔
本來陽光還是美美的週末黃昏
剎那間令人無法猜測
黑幕就罩住了廣袤晴空
狂風橫掃演繹末世前奏曲
捲起千千萬萬片樹葉和枝椏
驟然淋落堅硬如石的冰雹
叮噹聲風聲雨聲雷聲齊鳴
像要吞噬地面所有生靈萬物

驚慌失措的人群車輛亂成一團
大小冰雹以極其堅冷之力
盡量摧殘折損花草樹木
以及汽車建築物門窗玻璃
固定或移動的萬物皆逃不出
天威震怒狂飆的懲罰
老天爺只要一變臉

啊⋯⋯真是六親不認冷酷絕情
幸而雹暴雷暴風暴肆虐後齊齊遁隱
難以猜度的老天嘴臉又溫柔如昔啦

後誌：3月6日週六下午墨爾本忽遭百年不遇之雷暴雹暴肆虐，天地驟變臉極其恐怖，
　　　城鄉成澤國；冰雹擊毀無數汽車、屋宇外，更摧殘公園、家居花園的花草樹
　　　木。天威難測、思之餘悸猶存，有詩。

2010年3月12日初秋於無相齋

輯六

紅塵

鐘聲

像連綿的山峰
互相擠擁，五十個人
各各以驚異的眼神
朝相同的方向引頸
聆聽，晨鐘自天宇傳來

地球已被六十億的蒼生
壓到不勝負荷
凡塵最猙獰的最貪婪的
最最殘酷無情的
竟是這堆自命萬物之靈的人

唯有鐘聲沉沉敲擊
還望可以震醒、醉生夢死
破壞生態環境、爭奪無休
迫擁如山巒之人類
企盼吧！鐘聲已遙遙可聞

後記：來自四川的畫家戴衛，展出巨畫五十人企盼遙望，神色各異，正聆聽晨鐘。蒙
　　　戴先生解釋畫作，成詩以記。

1992年7月28日於墨爾本

鑼鼓的真相

擊鼓！鬱雷的音浪
從鼓裏奔走
隆隆鼓聲越跑越快
沿鬧市翻滾，消失無蹤

敲鑼！叮噹悠揚
自鑼的震央滑入空間
洋洋喜氣排山倒海的湧上
節日中滿街歡笑的五官

鑼聲虛脫以後
看清是塊破銅
鼓的前世，原來是
眾獸之皮

擂鼓的手打鑼的人
茫然追趕著影子

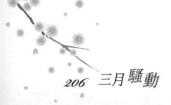

在鑼鼓聲寂滅前
苦苦尋覓生命的本來面目

1993年10月7日於墨爾本
同年11月27日刊於《世界日報》副刊

羅網

時間撒下天羅地網
我是被捕的魚

手錶壁鐘和日曆都通通扔掉
我無法游離白天與黑夜的撞擊

跟蹤我的影子
隨著陽光嘲笑的聲音
任意玩弄我的生命
憤怒燃燒，沿河狂奔
將身影狠狠拋進水裡埋葬

月光懶懶地把影子擲上岸
我驟然明白屈原投江的心情
地球生靈全困在羅網裡掙扎
唯有果戈里的死靈魂才能擺脫 ^(註)
時間的魔掌和影子的糾纏

註：俄國文豪 *Nikolai V. Gogol* 果戈里巨著《死靈魂》。

後記：獲1949年諾貝爾獎的美國作家 *William Faulkner 1897-1962* 威廉克福納的長篇「聲音與憤怒」，主角寬庭為擺脫時間的掌握而投河，讀後有感。

1994年1月5日於墨爾本

忘川水

傳說飲用忘川水後
記憶細胞就被毒死
往事前塵刹那間
染為一堆白漿
我們才允許輪迴再生
當臭皮囊停止呼吸
請將我全身有用器官
捐贈，讓生命在別人
身上延續，骨骼成灰
灑到田園做堆肥
走至奈河橋，忘川水
請容我只喝半杯
將仇恨嫉妒愁苦悲怨貪婪
通通忘卻如雪花在春陽裏融化
讓我悄悄倒掉那半杯水
把親情恩愛友誼歡樂仁慈
好好保存像電腦磁碟收藏
前生來世的美夢便纏綿不斷

1994年8月作品

往事

成為灰燼前
故事的篇章，必經
烘烘烈火焚燒
一切悲劇，早已烟滅
午夜輾轉，看窗外畫布
亮光降落，不是長安那片月
非流星掠空，照明彈的小傘
飄旋，映射四方黝黑天幕下
那群蒼白的百姓臉譜
說革命已走進死胡同
於是，我揚手放生了那隻白鴿
歡欣迎接高舉紅旗的士兵
他們時而同志時而兄弟的親熱
卻寒著五官用冷如刀鋒的眼色
劃分階級。那年西貢的空氣
遂散出屍味
鑼鼓全扔進被稱為
歷史的四月裏

湄公河畔遙遠傳來

我童年的跫音

往事、把二十年歲月掛起

似烤肉，長長一串

槍炮炸彈聲經常無緣無故

如鬱雷般響自耳膜

雅拉河秋夜的星月

美到像詩畫，我在過去與現在

兩種不同時空裏奔馳

縱然是悲劇也灰飛煙滅，啊

往事被烈火烘烘的燃成爐

後誌：印支淪亡二十年，往事前塵如夢似煙，時空交錯，在墨爾本幽美的雅拉河邊徜
　　　徉，竟聞湄公河畔風雨聲，難眠、詩湧。

1995年4月作品

海洋心事

酡酡然我竟幻化為海洋
任妳泅泳傲游
溫柔時，我被喚成水
怒吼激動，便說我是驚濤

躺進我深淵的軀體
讓愛吞溶、浸妳沉妳
情濃處、飄飄輕浮於
我無邊無涯的海面

明知我喜怒無常
妳居然獨划孤舟狂吻我
歡欣快樂、風平浪靜由你揚帆
怨恨愁悶、洶湧波濤將妳埋葬

直到海枯的盟誓來臨
我痴痴眸光糾纏妳擁抱妳入懷

1996年1月8日寫於德國旅次

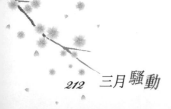

觀舞

舞者靈動如蛇，四肢隨音樂旋律
虔誠頂禮，投足舉手
回眸煙視淺笑，至美
像潑墨、寫在舞臺上

蟬翼輕紗若隱若現
昭君西施玉環飛燕的均勻線條
散發攝魄的誘惑
眾眼皆迷眾心皆醉

彷彿花蝶、凌空飄飛
舞步輕輕、翔翔如煙渺渺
妳如朵聖潔的百合
在眾目燃燒歡呼中盈盈展開

落幕時蛻化成仙女
姿影深深融入我魂夢

補記：STONNINGTON舞蹈學院日前假墨爾本莫納殊大學劇院演出，舞者LINDSAY SIN-
　　CLAIR獨演百合花，舞技出神入化，觀眾疾醉，有詩。

1998年1月作品

風鈴

窗外月夜神秘寒星孤冷
清脆的風鈴聲聲細唱
如妳哀怨的容顏
訴說大西北風沙的陳年往事

熟悉鈴音彷彿來自故園小樓
萬水千山飄越而至
喚醒我濃情如蜜的心扉
妳冰銳似刃的眼色揮舞

風鈴是靈媒，勾我幽魂
引至妳柔柔胸懷
白蛇千年修煉敵不過
前世宿緣的因果

悲淒鈴聲似妳哭泣
金山寺傾倒的水柱

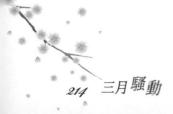

沖不散往昔積久的情債

我頻頻追覓，素貞蛇女如風隱去

註：金山寺，蛇女素貞典出《白蛇傳》。

1998年5月作品

亡齒記

嘴被掰開、冷水如箭射入
驟然泅泳在深海浪濤中
眾蟲狂奔逃竄，鋸聲似雷
齒的哭號震撼江湖
針尖若刺，試探牙齦虛實
注進麻藥醉我神經
疼痛浮沉、隱約像電擊
醫生溫柔的音波透過空氣
遙吻護士彎彎如月的薄唇
她的素手突然舉起墨鏡
淫邪浪笑中套上我不設防的鼻樑
死魚般的雙瞳，面臨被她施暴
驚慌恐懼拚命掙扎抵抗
合法屠殺的周詳計劃剛完成
銀鉗已緊握　劊子手甜笑間出招
相依數十載的老牙
來不及喊冤就已斷落
蛀蟲皆斃　血湧

萬音寂滅　我蒼蒼白白的臉色
哀哀弔祭亡齒

後誌：昨午拔牙，醫師示我以亡齒，成詩哀弔。

1999年2月2日墨爾本

哀悼詩人藥河兄

昨夜鈴聲說你風一樣

飄走了，我恍惚神離

苦苦追憶六月三日那天

洛杉磯重逢，我們歡喜了

整整一個永恆的下午

輾轉床笫期待那

   「整畝城市的燈火」

沒有被你一手撚熄

今早我宛如夢遊者

希祈在空間另度磁場裏

再碰上你，好把你每種表情

神態聲音細細刻印

我尋尋覓覓，總想將兩次相聚

縫合在心底，忐忑的抽出

你的詩集捧讀。總是難信

死別來得如此突然

離去之前，你用生命

「孕育的一首詩」是否已面世？

後記：括弧引自藥河詩句，闊別二十多年的詩人西牧深夜來電，驚喜中卻傳達詩人藥
　　　河噩訊，心如電殛。在越南神交，91年旅美初遇詩人，今年6月再到洛杉磯知
　　　藥河兄已和癌魔抗爭數載，精神頗佳，不意詩人英年早逝，如風飄走。關山遠
　　　隔，未能送殯，謹以此詩遙祭詩人在天之靈！

千禧年10月8日於墨爾本

生朝感懷

魚尾紋開懷暢笑
鏡裏那張似曾相識的嘴臉
染霜的鬢，是為了
裝點成熟的照片

年輪不留痕跡
漸衰的體魄嘲諷
奔馳飛逝的青春列車
仍然不信老之將至

無端想念雙親往昔音容
天涯人遠，有墓難掃
未知德國杜鵑花城
白雪是否飄落墳場

墨爾本春末花開，日子輪迴
我是畫中無足輕重的一片浮雲

後記：雙親埋骨德國北部小鎮*Westerstede*，是著名的杜鵑花城，每年花展吸引無數遊客。

2001年11月生朝於墨爾本

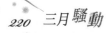

鏡之緣

稚齡認識你時、驚奇
自己本來長相，從此早晚
都要向你凝望對照
甚至赤身裸露也悄悄偷瞄

心情歡愉就笑逐顏開
落寞悲苦、愁雲慘霧飄浮上臉
生氣剎那憤怒堆疊的樣貌嚇人
陰晴圓缺的變化，皆逃不過
你誠懇坦率公正的反映

結緣相依共度歲月，恍惚中
倏然發現你表層泛黃衰頹
且惡作劇的扭曲
我原來英俊秀逸的容顏
兩鬢竟已霜白處處
髮禿齒落皺紋展延

狠狠轉首棄你而去
到處尋覓另一類品牌
多貴也要那種擁有
熱情奔放年輕俊俏
青春長駐的　新鏡子

2002年10月1日仲春

孤星

冷冷寒光自天外照射
奔馳萬億公里趕來
迎接相距數千光年外的眸子
我是唯一的見證人
在南太極冬季朦朧晨曦中
猜測妳的意圖或只是我的一廂情願
孤懸太空外凝視這顆地球
大千世界中的繽紛喧嘩
也無非是如夢幻泡影
群星皆暗妳獨亮
一如眾人皆醉我清醒
晨運中偶然仰望
天外的孤星無言回視
剎那觀瞻妳如冰的容顏
只是閃閃爍爍無聲無息
用千萬種的冷光傳遞
我們相遇時擦出的感覺
連火花也亮不起的一種孤獨

2003年7月20日仲冬
2003年8月29日《人間福報·覺世副刊》

冬晨

清脆的枯葉偶然呻吟
以蝶舞之姿在微曦中告別今生
風迎面用千種冷吹拂
街道人跡稀也無車馬聲
東方雲端是誰點燃天燈
小小的亮光掙扎著放射
婆娑枝椏頂向穹蒼
朦朧一片的世界看不清楚美醜
急急腳步追趕無盡的路程
無非要讓心臟加速跳動
不時回首觀望老伴慌張的行蹤
婀娜姿影早被包裹在厚重冬裝內
聽說清晨漫步可以增進身體能量
飲冬風沾甜露果然身心皆爽

2003年6月27日初冬於墨爾本。

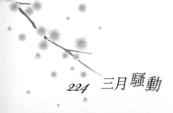

霧景

燈光朦朧如夢似幻

寂寥長街兩排落葉禿樹

張望著晨曦前黯然的天空

映眼是一幅抽象畫面

遠遠近近皆染上雪色

濃霧將小城罩住

若隱若現的景物

盪漾飄忽彷彿大洋上的孤舟

行人道上傳來的跫音

是我匆匆追趕身影的迴響

偶而馳過的汽車

用遠射燈照入霧層

宛若到處魅影憧憧

朝陽爬升前的天地

讓霧散播著朦朧美

霧中我沾粘清甜晨露

呼吸微微花香和空氣

影子與我皆融進白白霧景中

2003年7月3日仲冬於墨爾本

宇宙臂

巨臂偶然橫掃、太空星月無光

以六千五百光年的臂身厚度

捲起堆堆烏黑的氣體

吞噬前後左右千萬顆地球大小的星星

吐盡了蘊藏無數歲月的不平

回收返到原居地

距離銀河六萬光年所在

自有人種以來肉眼從未覬覦

那茫茫天宇中竟有這無量寬大之臂

及至澳洲天文學家偶爾的發現

說是太空一條螺旋臂膀

早已天長地久的停擺著

只期待那一聲悶雷的嘆息

再展臂揮舞、讓日月無光

天地變色後、徬徨的人類去祈天

敲擊鑼鼓呼娘喊爹

幸而銀河系畢竟太遙遠

宇宙臂膀橫掃時地球無動於衷

那些多事的天文學家

何必讓人類加添這些迷惑和煩惱

後記：宇宙距離以光年計算，一光年等於58,785億英哩（九億四千多萬公里）。螺旋臂
　　　的厚度長達六千五百光年，究竟有多大是人類無法想像得出。

2004年1月11日於無相齋

飢餓

四十多小時沒進食以後
空肚皮竟然開始
哀慟似的嗚咽
傳出的聲音好像寒流飄浮
大熱天裡也有冷的感覺
襲到體內體外　於是
　　　眼睛幻影總顯現一些
　　　有香有色有味的美食
　　　口的津液就不由自主
　　　像漲潮時的浪花頓湧
嗅覺特別靈敏的總嗅到
不論是肉是魚是麵包是餅乾是香腸
一切可以吞噬的食物驟然
遠遠近近傳來　往日
無從細辨的種種不同味道
腸子也開始失望
長夜漫漫宛若地老天荒
唯有讓餓蟲繼續蠕動

等天亮照過腸鏡後

就要一口吞嚥已備好的天下美味

後記：三天前大年初七、要照大腸內窺鏡，空腹兩天，首次有飢餓的體驗，有感。

2005年2月18日

海韻

風輕輕吹拂溫柔如妳

萬縷深情日夜傾訴

波浪像我蘭花十指

細彈妳玲瓏的身軀

妳的歡悅喜樂和清吟

在水湄處一聲又一聲

抑揚頓挫時低時高

音色如妳的淺笑飛躍

傳播到江湖和汪洋

會唱歌的海水朝夕忙著

用極美音樂對天空演奏

海的聲韻旋乾轉坤　漣漪蕩漾

似妳深邃的眸光

尋覓我痴痴的心

讓我捧讀妳聆聽妳欣賞妳品嚐妳

妳的形妳的影妳的音不就都是

海水不停湧現拍打的浪花

妳展臂歡迎來自世界的文朋詩友

讓愛海愛水愛浪愛歌愛夢的有緣人
一起和海合唱歡樂之曲
共同聆聽海韻無窮的妙音

後記：拙詩祝賀海韻網站開網，並向五湖四海的文朋詩友公開徵稿，歡迎有緣人共聆
　　　妙樂、齊來耕耘這純文學園圃。

2005年8月25日

海之歌

日日夜夜總想去望海
想去看妳綽約美艷的風姿
晨昏妳宛若嬌憨的少女
喜怒無常時笑時愁

歡樂的歌聲溫柔似夢
隨風飄送到遠遠近近
有如妳專為我而吟唱
我痴痴瞧著奔騰澎湃的浪濤

妳哀怨的輕輕數說
千古以來令人斷腸的故事
浪花都是妳的淚珠
濺濕了水湄處嬉戲的情侶

喜悅悠揚的曲子
交風播送到山河江湖
音韻如飄飄仙樂
漣漪擴散至無涯海濱

想聽妳之歌想望妳容顏
再不必專程趕去沙灘
打開天羅張出地網
嬌美溫馨柔和的海韻處處湧現

妳的笑容猶如天使
妙音傳揚天下
化悲為喜轉愁變樂點石成金
浪花日夜盡情輕歌細唱低吟

我的心我的魂我的魄我的夢
早已被妳萬種風情
以及悠揚的歌聲牽動
日夜總想著去望海去水湄去看妳

妳優美之歌飄浮在天涯晴空網絡裏
海吟唱著地老天荒永恆不變的聲韻
傳遞喜樂給有情的紅男綠女
海韻妙樂滋潤著網中有緣人

補誌：建立「海韻」網站，透過天羅地網讓文朋詩友互相交流切磋；小文說海會唱
　　　歌、自來歌聲傳情，願海之歌傳遍江湖，望有緣人齊來聆聽海韻日夜吟唱。

2005年8月30日於無相齋

北極星

每次駕車不論往南向西朝東
那不聽使喚的駕駛盤
竟下意識轉到北面
是被妳閃爍明亮的磁場吸引

立在門前觀賞滿園玫瑰
朝北的方向總有道
隔空傳來的電磁波
強力的迷惑著我的心神和眸子

那顆默默照耀的星辰
仰首仿似近在咫尺
幻想伸手摘下來
伴隨我度過餘生寂寞的日子

孤單北極星遙遙相對
回眸輕笑我這書呆子的痴心

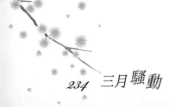

撒落的柔光如銀
若即若離的把我的魂魄勾走

星光讓上海夜色黯然
自唐山升起耀古城西安的風采
又從蘭州散播美艷麗影
再萬里投射至墨爾本的天空

明麗艷色夜夜閃爍
無始無終多世的糾纏
縱在日光下電磁波依然
緊緊牽扯我的心我的靈我的魂

分秒時刻朝北仰望
北極星光冰冷無言又絕情
可望不可即的座落天涯一隅
吸我引我誘我惑我迷我醉我

2005年11月6日於墨爾本

面具

掩蓋了五官的本來面目
沒有喜怒哀樂的表情
面對的人難於猜透
掛著面具者的內心起伏
展示那張木然的假臉
行走於五湖四海
勇往直前無懼風雨
是仇敵是朋友是愛是恨
再難從面具上分辨

也有終年掛著笑臉
不論悲愁怨悔　總是
輕笑淺笑低笑微笑冷笑苦笑
那張整日笑著的面具
心中暗藏一把利刃
只等待最佳的時機
就會狠狠地從你背後刺進去

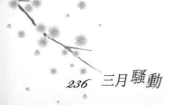

當被刺者的鮮血流竄
見到還是那張泛起笑意的面具

人人都掛著一張面具
分別在於是明是暗
有的一目了然公開展現
有的連自己也忘了
歲月煙遠再難分出真假
獨處時想脫掉也無法如願
直到面臨生命終結剎那
始醒悟該脫下那張掛著的面具
卻早已有心無力……

2006年12月27日

迎懶豬

靈犬將在午夜鞭炮聲中
挾起尾巴驚慌失措
逃之夭夭的躲到天涯海角
那隻懶洋洋的笨<（￣oo,￣）/
睡眼朦朧的搖擺走來
一路打著呵欠
然後張口哈哈（^__^）y
雖是最後報到也被選入
十二生肖圖譜
吐氣揚眉的日子
一等無非十二春秋
總可出頭威武一番
什麼金豬寶豬的封號
一股腦兒的爭相湧現
管它呢讓那些所謂聰明的人
去追逐去祈求去盼望
豬兒們整年總得好好食個飽睡個夠
再蒞臨時無情歲月已飛馳了十二載

說不好下一回

無緣再與老豬重逢呢

後誌：十二生肖中豬排最尾，詩句中表情符號分別是豬與笑。

2007年2月17日（丙戌年除夕）於墨爾本

觀欖球賽

釉綠圓圓草坡　　變成了戰場
紅螞蟻和白螞蟻般的球員
彼此互相追逐盯梢撕扭
前鋒中鋒與後衛的隊形
忽前忽後左右衝刺變化
無論誰搶到那顆小小橄欖球
有如燙手山芋的成了箭靶
公證似靈猴奔馳　　氣喘的指手劃腳
剎時紅白兩隊搶閘　　彼此翻滾拉扯

欖球射入龍門　　掌聲萬馬騰奔
駭人的聲浪像海潮起伏轟響
鬱雷般地從天際襲擊湧至
稚孫永良竟也忘情投入
手舞足蹈高聲呼喊又叫又跳
招引無數觀眾驚訝目光和微笑
再難找到如此小小「澳士」球迷

鳴鐘時紅衣隊險勝

幾萬人起立鼓掌　歡呼迴盪繚繞

球場外四月仲秋淡淡的陽光

溫柔輕撫數萬張歡樂微笑面孔

轎車內孫兒微紅的小臉頰

瀰漫著天真愉快的寫照

涼涼秋風輕拂　夕陽下映現

車廂中永良芬芳的甜夢

剎時溫熱的溢湧我心頭

是幀幸福的闔家歡

歸途　黃昏流瀉著一片至美

後記：四月八日與內子、兒子明仁夫婦和永良孫兒往墨市 Telstra Dome 大球場觀看澳式
　　　橄欖球大賽，紅衣隊為 ESSENCON 對白衣隊 FREMANTLE。二小時半的賽事分四
　　　場進行，紅衣得122分，白衣112分飲恨。五萬觀眾的歡呼和掌聲迴響，音波實
　　　在駭人。未滿兩歲的嫡孫居然全場投入，讓無數洋觀眾微笑和讚美。

2007年4月10日仲秋於墨爾本

風的蹤影

紙片如蝶舞

飄逸在空中凌亂起伏

又似秋葉告別天地

生命消逝前的回眸

依戀難捨的掙扎

在墮落剎那還苦苦思索

風的蹤影遁隱何處

遠遠近近傳唱著那首老歌

「風從那裡來」

顯示紙面的字跡

歪歪斜斜的崩解

被撕裂的痛楚

無聲的呼號隱入冷冷風中

紙片尋尋覓覓總找不到風的蹤跡

2008年8月17日

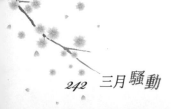

時間的俘虜

倏忽驚覺日子奔騰如駿馬
平安夜竟已驟然蒞臨
還來不及準備迎接佳節
肯定元旦又將飛馳而去

偶而對鏡再難想像
當年那張雋朗都麗的雍容
早已鬢絲飄霜如雪花點綴
還有翰逸神飛的瀟灑
也只存在妳夢中迴盪

一甲子歲月彈指飛過
南越福建中學影像清晰
朗朗書聲餘音裊裊傳遞
嬉戲歡樂美好時光
彷彿定型雕塑長存記憶內

都是那雙無形的魔手
任意將我們搓揉亂搞
江湖狹路相逢應不識
塵滿面　老眼訝異對方的龍鍾

殷勤問好唏噓著誰和誰已往生
細細思量總算明白了
我們無非從誕生那一刻起
都已變成了時間的俘虜

補誌：整理書齋無意發現初中畢業合影，往事如煙，青春無悔的歲月早已遁隱。其中
　　　李瞖湖、陳炳發二位同學全家皆被赤柬所害，英年早逝；張順祥、何堪、陳素
　　　蘭、魏雪惠諸同學亦先後辭世。餘者分散世界各國，連絡上者不外十餘位。前
　　　塵歷歷、不勝唏噓。

2008年平安夜於墨爾本

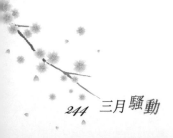

老牛姍姍來

鞭炮聲鑼鼓聲競相傳送
非要將寧靜的天地
吵到不亦樂乎也不甘罷休
趕走了鼠輩　人間喜氣洋洋

真心誠意盼望着期待着
向天公向上地向祖宗神靈
祈福祈壽求財帛求平安　善信們
賄賂些過後就淡忘了的許諾

才不管是水牛是黃牛是乳牛是和牛
用草餵大就要牠們的肉要鮮甜的奶
看那隻老牛氣喘喘在田地上
背着吹笛牧童姍姍邁步　夕陽下自得其樂

喘著氣顢頇的趕路
十二年後終於迎頭追上了

老牛忽然寵愛在一身
郵票年畫電視報刊莫不牛影處處

看來老天爺也在耍牛脾氣
總不讓海龍王灑下甘霖
求您了　收回那害死人的禁令吧
我除夕的禱告是讓澳洲風調雨順

神采飛揚的自然是印度聖牛
總可為牛群出口烏氣
老牛笑呵呵的姍姍來了
趕走臭鼠病鼠惡鼠　使人間恢復昇平

鞭炮聲混雜喧天的鑼鼓聲
世界充滿了歡樂到處喜氣盈盈
人類都讚美牛的種種功德
老牛低頭悠然的啃著草　還傳出冷笑聲

2009年1月25日農曆除夕於墨爾本

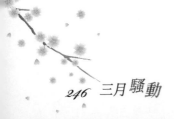

虎來了

山君奔躍捲起陣陣旋風
咆哮聲中顢頂老牛被嚇走了
至少讓那隻老愛翻身的地牛
挾著尾巴暫時遁隱

以君臨天下的雄姿
耀武揚威的重蒞人間
可惜幾無森林讓震撼的虎嘯
在曠野中揚起飛沙走石

萬獸之王到處尋覓棲身之所
虎父虎子往昔的威風難再
還要小心翼翼逃避
越來越精緻的捕獵陷阱

都是無稽迷信傳言的禍害
什麼虎骨治病虎鞭壯陽

虎皮外套更是貴婦的至愛
山大王終於遇上了人類死敵

十二生肖中最威猛的老虎
終將成為年畫及留存的影照
像龍那般變成了圖騰
爆竹聲中彷彿傳來鬱沉的虎泣

2010年2月13日農曆除夕於墨爾本

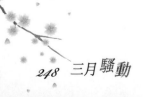

輯七

漢俳

元極舞

——金蓮初開十二式

1.靈苗初露

晨曦初顯露
合雙掌凌波微步
人與神共舞

2.迎風搖曳

輕盈擺柳腰
左張右望頗奇妙
幡動心意搖

3.碧波蕩漾

孤星映湖畔
橫舟斜蕩綠波黯
鳥聲鳴兩岸

4.蓮蕾乍現

麗影驚秋池
蓓蕾碇開笑君痴
飛鴻獨展翅

5.甘露普潤

花蕊笑春濃
腳踏蓮步放輕鬆
默念如來頌

6.荷起清蓮

漣漪湧荷香
極目天涯頻思鄉
遊子浮夢想

7.雨後新荷

夏雨浣紗窗
郎情妾意配成雙
明月照客床

8.含苞待放

感君情意濃
百花含羞待風春
虛渺浮生夢

9.翩翩起舞

纖手齊合掌
回眸凝氣十指張
妙舞藏文章

10.金蓮盛開

揮臂風颯颯
書生抱拳頗瀟洒
捧蓮供菩薩

11.心蓮發朗

恭敬燃心香
前擊後頓發冥想
元極傳新鄉

12.天地人和

丹田存正氣
抱元守一定心意
天地有真理

後記：習跳元極舞，首集「金蓮初開」共十二式；十二首題目即十二式之名稱，試以
漢俳賦詩。

2001年10月12日寫於墨爾本

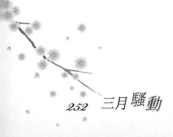

大叻山城

春香湖

鳥聲繞山谷
春花飄香盈滿湖
倩影笑雲霧

雙乳峰

群巒展奇峰
輕解雲裳來相從
綺念惹秋風

山城

湖光山色美
春季花綻櫻桃梅
遊人樂展眉

嘆息湖

松風嗚咽鳴
冬夜孤魂訴衷情
嘆息成湖名

鵝芽瀑布

千江本同源
萬水奔騰來團圓
盛夏山陰涼

神學院

巍峨山上建
晨昏學院齊並肩
秋夕燭共剪

備誌：南越中部大叻山城為避暑勝地，常年如秋，風景氣候怡人，遊客絡繹於途。撰
　　　寫山城系列，分用漢俳、現代詩及散文三種不同文體描繪，是對自己的挑戰。

2003 年 6 月 14 日於無相齋

雜感十帖

太陽

心中有太陽
靈魂世界被照亮
我迷失方向

愛情

總是有理由
相信愛情似清風
男女受左右

紅顏

皺紋鏡中現
人老珠黃不值錢
自重勿丟臉

求財

求菩薩保佑
無知信徒跪又拜
財神何處有

應酬

盛夏苦迎春
早晚酬酢累倒人
奔波也夠蠢

鼓聲

音波盈喜氣
老死棄骨撕厚皮
鼓響牛魂泣

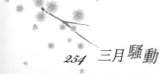

黃昏

斜陽照孤影
素箋無墨早斷情
獨酌心清靜

別緒

烈日炙花顏
落瓣暗泣哀離愁
浪跡天涯遠

夢

夢中現慈顏
歲月留痕鬢飄霜
母子難會面

禪

更殘夜冷清
行住坐臥苦參禪
悟夢幻泡影

2004年仲冬重修於墨爾本

喜獲佳孫

黃家獲佳孫　　　　　眉開笑意濃
英氣俊逸臉如春　　　香燈有繼喜心中
歡樂心滋潤　　　　　爺孫情必重

喜聞啼聲傳　　　　　四海報佳音
姍姍來遲難計算　　　永良嫡孫更勝金
闔府望眼穿　　　　　老叟撰詩吟

註：6月2日孫兒永良誕生、比預產期遲了數天，全家焦急期盼，心情緊張。

2005年6月12日於無相齋

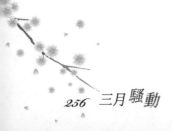

楚雄采風四帖

相約兩億年　　　　　元謀埋先骨
恐龍祿豐齊出現　　　出土文物比前古
楚雄名更顯　　　　　祖骸並未枯

祝酒歌聲妙　　　　　古鎮好風光
彝族俊男美女俏　　　景似江南永難忘
賓客齊歡笑　　　　　遊人盼重返

2009年4月21日於雲南武定

漢俳八帖

風笛詩社

哥兒嘆飄零
風笛重奏播三洲
詩壇耀新星^{（註1）}

蛇年

鑼鼓頻震撼
獅躍龍舞引靈蛇
歡樂齊聲喊

蟬鳴

仲夏蟬聲急
烈日斜照無風雨
故鄉盈春意^{（註2）}

賀酒井園詩社

酒醇情意重
井水釀詩傳四海
園內花香濃

情人節——給婉冰

老妻溫柔笑
甘苦與共無怨尤
攜手樂逍遙

劫後描容

悲歌摧眼淚
情僧合十難割捨
繞樑心已碎^{（註3）}

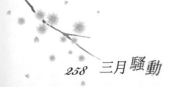

年卡

年卡繽紛至
天涯比鄰情無限
盈溢賀歲詞

落葉

仿似飛黃蝶
辭別天地樂歸根
旋舞飄楓葉

註1：二十多位笛郎離散二十多載，分佈美亞澳三洲，詩人荷野收輯全體笛郎詩稿交予
　　新大陸詩刊發表有感。

註2：墨爾本盛夏卻是中國農曆春節。

註3：聆劉妙齡與梁嘉敏合唱粵曲有感。

2001年3月初秋於墨爾本

輯八

江湖

挑戰

甘師父以一對無影腳
揚名立萬縱橫江湖
當年上峨嵋山學藝不成
無意觀蜻蜓點水而頓悟

仰慕洋國度而棄鄉離家
在澳洲掛起蜻蜓派旗幟
爭相拜師者眾　前來挑釁的
各大門派弟子亦不少

自由搏擊學院彼得院長
正式下了挑戰戰書
將以二百多磅的身軀和重拳
與無影腳神功一決勝負

蜻蜓派掌門人宛若蜻蜓飛掠
時而白鶴展翅忽而雙腿橫掃

如山屹立的洋拳師
微笑中雙拳揮舞出數百磅重之力

但見人影斷線紙鳶般凌空撲倒
蜻蜓派無影腳神功
一代宗師甘大師父黯然落敗
從此在江湖消聲匿跡

2004年6月4日於墨爾本

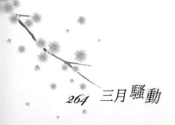

偷襲

暗器漫天如花飄旋
人被網著必血流如注
掙扎也無法逃脫
唯有認命等待死神招喚

從林中走出來而被襲擊者
狂笑揮劍擊落四方射至的
多類暗器後　騰空躍身刺向
偷襲之黑衣人

勁風破空聲中
那顆頭顱滾落　血箭狂射
無頭身軀仍屹立著
不甘心傾倒

夕照已殘　風嘯嘯如泣似訴
大漢抽回血劍冷笑的走了

2004年6月9日於墨爾本

小李飛刀

嘯嘯勁風前後四方
如天羅地網撒下
刀光閃爍即逝
幾個偷襲的黑衫客
紛紛墜馬伏屍荒郊

小李臉無表情　趨近
手法快速的在屍體喉嚨上
乾淨俐落的抽出
一枝又一枝
染血的小小飛刀

本來木然的五官
堆起略胖的腮肉
冷冷地展現了一絲笑意
望著幾個躺地不起的刺客
仰天長嘯　曠野回響震盪

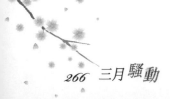

河畔旅舍暫宿　書桌燈下
寫下一行一行又一行
相思無盡愛意流瀉
的纏綿詩篇　江湖傳聞
小李飛刀已遁隱在風笛中

後記：重出江湖的小李飛刀如今玩耍的是詩筆，傳聞屬實，果然隱身風笛詩社，瀟洒
　　　如昔。

2004年6月16日於墨爾本

七星刀

出鞘微露耀眼寒光
素手揮舞冷風劃面
梟雄曹操色慾動時
想不到曠世艷麗的貂嬋
有顆對呂布至死不渝之心

這把千古揚名匕首
如能割下梟雄頭顱
濺血的就非美人玉軀
令堅貞魂魄飲恨九泉

七星刀成就了鑄造使命
唯有吻下那如脂似玉粉頸
吞飲貂嬋貞潔熱血
才沒辱及與利劍干將莫邪齊名

避開七星刀行刺的曹操
無非意志風發多些時日

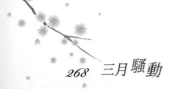

仍然逃不過歲月的懲罰
千年後墓穴竟然爆光

七星刀已再無覓處
貂嬋的舞姿和幽靈
美艷烙印在華夏史冊中

後記：觀劇集《三國》、貂嬋為抗拒曹操沾污，用削鐵如泥匕首七星刀自刎。

2011年1月21日於墨爾本

埋伏

蹄聲急急如悶雷橫掃而過

四野荒徑揚起陣陣塵霧
灰灰天空驟然撒開整張大網

俠女從駿馬上翻身落地
伶俐滾輪般避開了帶刺的鋼網
千里駒來不及呻吟已倒斃

花容色變中利劍已拔
東南西北四角方位冒出的殺手
一色黑衫黑巾罩臉
死魚似的眼睛凝視著獵物

冷風襲面兵器四方迫近要害
俠女施展絕頂輕功飛身游走
長劍忽而刺心忽而回招

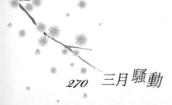

貫穿心臟後抽劍如電
前後夾攻的兩隻手臂齊齊割斷

埋伏者皆棄屍荒蕪山野
俠女輕撫良駒臥屍嘆息
天地寂寥無聲　殺氣已隱
孤身上路的倩影
凌波微步迎向夕陽餘暉
遠遠近近傳來寒鴉淒厲的聲聲哀鳴

2004年7月13日於墨爾本

江湖

江河流經的城鄉
山明水秀風光無限
雪白如鏡的湖泊
寧靜清幽似世外桃源

聚集了不少牛鬼蛇神
在無止盡的慾望湧動中
虛名如毒蛇奔騰
利誘矇閉了眼睛和心靈

為了天下至尊的寶座
為了享受榮華富貴
爭鬥惡戰挑起串串風波
殺人與被殺的劇情時刻上演

血腥味散播在江湖上
江湖到處是大大小小的屠宰場

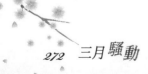

染紅了天空染紅了河泊流水
心眼已瞎再難觀賞美麗景色

江湖本就是城鄉是社會是國家
邪魔讓幽雅寧謐的江湖污穢了

俠士們心灰的封刀封劍隱沒於江湖

江湖從此變成了混濁殺戮的地獄

2004年8月28日於墨爾本

神劍

電光火石閃爍中
也不見利劍如何出鞘
圍攻者已相繼中招
持刀拿棍揮流星搥的敵人
兵器紛紛脫落了

一眾驚訝的臉色
蒼白如悽涼冷月
訝異的發現那烏黑利劍
竟然是把尺來長的檀木

卻有陰森劍氣四射
寒風揚起落葉飄飛
俠客孤獨的倚立河畔

憐憫眼神望著地上傷者
仰天長嘯聲浪遙遙地迴蕩

神劍回鞘輕騎走入暮林中

2004年9月2日於墨爾本

流星槌

夜空星群閃閃爍爍
照亮了仰望的眼睛
偶然劃成弧線的流星
是情侶們祈禱祝願的對象

當年設計武器的發明者
也許是流星迷
居然把美麗的星星
打造成攻擊殺人的兵器

野外勁風呼嘯狂飆中
隱藏的殺機四面八方擴散
流星槌揮舞旋轉突襲而至
才閃過一槌另一槌已狠狠打到

敵人橫躺腦漿溢濺
張著的眼珠不肯閉上

殺手收回流星槌後
縱躍馬背揚鞭絕塵而去

冷冷夜空掛著幾顆孤星
黑暗中忽然飄過流星雨
背負流星槌趕路的人
立馬仰頭驚嘆著造化的神奇

2004年9月15日初春於墨爾本

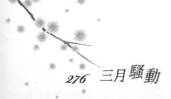

追殺令

總舵主已頒下江湖追殺令
他本來是天下第一的英雄
頓成被唾棄的過街鼠
絕世武功再強也難敵
或明或暗四面八方的刺客

當時無非心直口快
親眼目睹她在床上纏綿
反映了這幕巫山雲雨
竟不知裸女是總舵主千金

十大門派的征騎紛紛揚鞭
剎時間不論白道黑道
都要割下他的頭顱作為獻禮

從大江南北到雁門關內外
天地之大竟無立足的方寸

他黯然飄洋到澳洲拋棄了中原恩怨是非

2004年9月27日於墨爾本

地堂刀

市集上賣藝人耍弄著醉拳
倒去顛來搖晃不定
虎虎生風的武功
令觀眾衣襟擺動

不意山賊的馬隊衝至
呼嘯吆喝聲裏揚鞭揮劍
人群驚慌四處奔逃
狼狽中喚娘叫兒慘號連連

賣藝漢及數位男女門徒
迅速抓起兵器架上的利刀
紛紛滾地　人刀迴旋
剎那間眾馬腿被一一砍斷

嘍囉們從馬背摔落
驚慌失措抱頭鼠竄

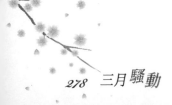

訝異的山賊首領滾下時
正好被雙刀齊腰切過

那對憤怒的死魚般白眼睜開
難信是喪身白鶴派地堂刀下

後誌：有緣認識陳培展師傅，得悉其先師關德興師傅仍白鶴派掌門，傾談下始知地堂
　　　刀法源是該派絕學，啟我愚昧，特此申謝。

2004年10月11日於無相齋

五雷穿心掌

白眉道長雪白長眉飄揚
銀髮披散如瀑布流竄
以畢生的時光苦苦練成了
名震江湖的五雷穿心掌
這威力無窮鐵掌神功
每一擊出必是五掌連環
無風無聲無息無影無蹤
輕鬆自如宛若舞者踏步
舉起的雙掌宛若棉花柔軟

那日黃昏在雅拉河畔
微風中櫻花展開了一片笑意
白眉道長萬里追蹤前來清理門戶
驟遇幾個賣國叛徒河岸秘謀
冷笑聲裏殺機處處
被包圍的道長怒目圓睜
不聲不響忽左忽右舉手

一掌又一掌凌空而至
中掌者如被雷擊連連倒退

五招後圍攻者紛紛如遭雷擊
心肺齊裂躺臥於櫻花落瓣堆裏
口唇溢出絲絲嫣紅血跡
溶入了滿地的雜亂花片
白眉道長拂塵而去
河畔斜暉影照著顱頂老人
慈善的容貌泛起了
微微的笑意
銀髮飄飄隱入了夕陽晚風花香中

註：雅拉河是流經墨爾本市中心的一條著名河流，河畔濃蔭處處，風景美麗幽雅。

2004年10月27日墨爾本

紅纓槍

山林外遙遙傳來
匆匆的蹄聲
揚起四處塵埃
持槍女子衝進了營地

像五瓣梅花滿天飄散
點點紅纓剎那間
迎面襲擊
無聲無息槍尖已鎖喉

人堆裏驚呼連連
四野血跡斑斑
女子孤獨的身影
在馬背上茫然若失

傳說那個負心漢
浪跡在這山林一帶

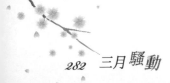

要的就是能一槍刺進
那顆無情的心臟

沒有報仇後的快感
伴隨著蕭颯山風
女子寂寞揚鞭馳馬
背著紅纓槍隱沒林中

2004年11月28日

虎鶴拳

山林內勁風吹拂
隱約似動地的虎嘯
斷續中竟傳來淒厲鶴唳
葉片紛紛如雪飄降

從武松伏虎棍法化出
殺傷力極大的拳術
那日偶見白鶴掠翅低飛
因而悟到撲擊奇招

虎鶴拳縱橫江湖後
相繼前來找碴的武林人士
無非要打敗名揚四海的大俠
以取得天下第一的名號

英雄身懷奇技行俠濟世
本無爭強好勝之心

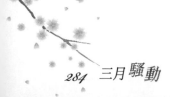

卻因虎鶴拳特大威力
震撼了是非不絕的江湖

整日應接四方八面的挑戰者
虎鶴拳揚威大江南北後
英雄已身心皆疲
孤獨落寞的遁隱入鬧市中

2004年10月30日於墨爾本

十面埋伏

竹林青釉翠綠深深
鐵騎匆匆馳騁奔至
忽然間遠遠近近穿竹而出
是琵琶蕭瑟之音

眾蒙面人紛紛拔劍
四週只有風聲和哀怨的琴聲
天地寂寂彷彿本來就是
無風無影無人無音無光無暗

然而黑影一閃
自竹林中凌空降落
那婀娜嬌柔的女子
美目流盼安靜盤腿撫琴

持劍的蒙面客呼嘯中下馬
八方包圍圈伏下了殺著

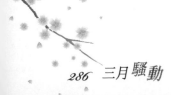

呼喚叫陣冷笑一齊爆開
素手挑撥彈弄琴聲如泉流瀉

琵琶彈奏名曲　十面埋伏
劍客們血液沸騰湧動
手指紛紛鬆懈利劍叮噹跌落
琵琶聲中斷　女子抱琴含笑隱遁

2005年1月27日於無相齋

絕情掌

孤獨倩影走過楓林古道
雨聲鳥聲及枯葉哀號形成天籟
倏然嘯嘯勁風劃破雨網突襲背後
寂寞女子止步出掌反擊

勁風一而二再而三從四面八方
集中揮向古道上落單之人
女子冷冷的眼神如電
雙掌上下左右迴旋

凌厲破空之聲
仿若天地變臉悽厲鬼號
玉掌硬如鐵塊炙熱似火
把襲至刀劍一一擊落

嬌滴滴身姿飛躍而起
掌風到處一顆顆頭顱碎裂

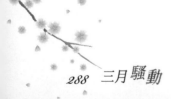

原來傷心人自從被棄後
因無情而練就了絕情掌

十二式鐵石心腸掌法不在揚名
只想殺盡天下負心漢子
那群狂蜂活該變成祭品
橫屍楓林也不知因何喪生

女子瞄一眼枯葉堆的浪蝶醜態
冷笑著如風似的躍入了楓林內

2006年5月19日於無相齋

木劍

紅衣女俠蘭子慧劍斬情絲
決心尊師命行走江湖
從此孤獨倩影照斜陽古道
那天心情落寞路過竹林外

翠竹搖曳勁風突如其來
女俠回馬揮劍掃開奪命暗器
幾位突襲者竟已將她重重包圍
嬌呼聲中人影躍下

刀光棍影長槍利斧齊齊飛舞
紅衣飄飄劍風呼嘯
叮叮噹噹聲中刀斧槍棍
相繼跌落竹林泥地

眾好漢一臉驚訝呆若木雞
時光彷彿靜止

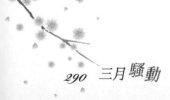

眼睛緊緊盯著蘭子所持兵器
竟是黯然一節細長木劍

劍氣震跌眾人兵器後
女俠收劍上馬揚鞭
頭也不回的策騎奔入竹林
留下飛沙走石在泥路上瀰漫

竹聲風聲葉聲與遠去的馬蹄聲
融成了一曲寂寞的天籟……

2006年5月30日於無相齋

柳葉刀

黑衣女單騎奔馳
追殺落荒而逃的襲擊者
先前荒野一陣吆喝聲中
幾名馬背上漢子經已落地
餘騎驚呼絕塵揚鞭急急奪路

行走江湖多年從沒遇見
如此一個獨行女子
竹林前眾馬嘶鳴昂首
但見那玉手所握柳葉刀
風捲殘雲般的掃起飄逸落葉

一股無影無形的氣罩已將
眾馬的去路阻塞
漢子們轉身揮劍抗拒
柳葉刀神出鬼沒顯現
如影隨形前後左右擊傷圍攻者

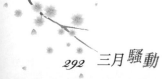

女俠柳如蘭一身黑衣服飾
千里單騎追蹤薄倖郎
路見不平時必拔出柳葉刀
薄似柳葉的刀鋒所向無敵
惹人憐惜的容貌卻寂寂寡歡

竹林前山路寒風冷雨餘暉斜照
馬背上手持柳葉刀的倩影痴痴徘徊

2008年7月5日

刀神

刀鞘鑲有閃爍珍珠
江湖傳聞至今無人見過
這把稀世的寶刀
都因持刀人拔刀快如雷電

又傳說刀若出鞘
武林必然會腥風血雨
沸沸騰騰千奇百怪
越傳說越神妙

閩江畔和武夷山麓
那天黃昏忽傳出幾起命案
死者皆是百姓痛恨的貪官
現場留滿血痕及刀神特有記印

衙門頒下了追殺令
捕快們日夜東尋西覓

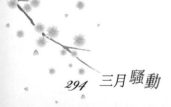

神州江南江北也相繼發生
多宗污吏被刺身亡的事件

京城那班肥腸大肚的官爺們
惶惶恐恐加派侍衛防守
那天大內高手發現刺客
居然是手持閃爍刀鞘的冷面人

被重重包圍者竟是大俠刀神
吆喝聲中寶刀已出鞘
眾人愕然驚異神情中
那把名刀居然薄如白紙

刀神揮舞薄刀的勁風
形成呼嘯冷寒的刀鋒
剎那間眾大內高手經已
如落葉繽紛倒地呻吟

刀神冷笑聲中刀已回鞘
縱身躍上馬背揚鞭而去
留下橫七豎八的鷹犬們

掙扎爬起望著灰塵唉聲嘆氣
被老百姓供奉如菩薩的刀神
誓要為民除害殺盡天下貪官
掛著珍珠刀鞘浪跡江湖
神出鬼沒的大俠蹤影處處

2006年6月21日於無相齋

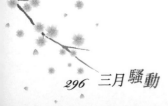

相思劍

雖然被圍剿的生死時刻
他也從不拔劍
單騎縱橫衝刺以極快的時速
讓勁風如刀刮起
總會在最凶險剎那
將敵人遠遠的遠遠的拋離

面對雅拉河畔沿岸輝煌燈火
等待的婀娜倩影
已隨著寒冬冷冷遁隱
留下的是這柄烏黑的古劍
每當思念自心底泛揚
彷彿前後左右遠近都飄浮她的聲音

那天陷入四大門派偷襲
呼罵聲廝殺聲滾滾如鬱雷
他蒼白臉龐湧現一股無盡相思
黑劍悽悽哭泣似的呼鳴

拔劍如長江之水奔湧
狂風橫掃千軍擊退眾江湖殺手

她再也沒有回望一眼就絕情的走了
留下定情的古劍讓相思伴他終老
也使整個江湖沸沸騰騰
讓他苦苦的苦苦等白了髮霜
那柄烏黑古劍從此躺在劍鞘裏
陪他孤獨的走天涯

2008年7月13日仲冬於墨爾本

在你的房間

在你的房間
鏡中映現如異花初胎之笑意
我本來的憤恚
被那張明艷無儔的容顏融化

原先緊緊握著玄鐵劍
狂怒奔馳數百里
趕來大開殺戒
竟讓你優雅豐姿迷惑

斜睨眼色極盡挑逗
心中的殺氣已漸漸泯滅
你旋身正想絕裾而去
我驟然棄劍回手強摟小蠻腰

妝台紅燭也已
被一口氣吹熄

後誌：無意讀到臺灣詩人鴻鴻主持「龍頭鳳尾詩」徵稿，規定起句「在你的房間」、
　　　尾句「被一口吹熄」，中間內容自由創作；好玩試撰武俠詩，仍以起句定題。

2008年12月22日於墨爾本

檀木劍

那年閩南清源山落葉紛飛
我忽被眾刺客圍剿
十八般兵器呼嘯密集攻擊
正當老命將休時刻
妳溫柔的素手持著烏亮木劍
凌空揮舞隨風拂至淡淡幽香
劍花殺著招招絕狠
檀香飄逸處刺客紛紛呼爺喊娘
扔下雜陳的兵器狼狽逃遁

驚魂中問起芳名行蹤
妳盈盈回眸拋來清脆聲音
「藍子有禮清山不改後會有期
奴家已移居美國東岸」
為報救命之恩終於浪跡紐約
千萬人潮中尋尋覓覓
每日鬧市躑躅徘徊四處張望

逢人便問可曾見到持劍女俠
午夜夢迴都是妳的音容纏綿

唉！洋人的大都會再無妳的芳蹤
浪擲青春白了鬢霜
唯有檀木劍香若隱若現
在無盡歲月裏隨風繚繞

2010年2月16日於墨爾本

語言文學類　PG0575

三月騷動

作　　者／心　水
責任編輯／黃姣潔
圖文排版／陳宛鈴
封面設計／王嵩賀

發 行 人／宋政坤
法律顧問／毛國樑　律師
印製出版／秀威資訊科技股份有限公司
　　　　　114台北市內湖區瑞光路76巷65號1樓
　　　　　電話：+886-2-2796-3638　傳真：+886-2-2796-1377
　　　　　http://www.showwe.com.tw
劃撥帳號／19563868　戶名：秀威資訊科技股份有限公司
　　　　　讀者服務信箱：service@showwe.com.tw
展售門市／國家書店（松江門市）
　　　　　104台北市中山區松江路209號1樓
　　　　　電話：+886-2-2518-0207　傳真：+886-2-2518-0778
網路訂購／秀威網路書店：http://www.bodbooks.com.tw
　　　　　國家網路書店：http://www.govbooks.com.tw
圖書經銷／紅螞蟻圖書有限公司
　　　　　114台北市內湖區舊宗路二段121巷28、32號4樓
　　　　　電話：+886-2-2795-3656　傳真：+886-2-2795-4100

2011年07月BOD一版
定價：300元

國家圖書館出版品預行編目

三月騷動 / 心水著. -- 一版. -- 臺北市：秀威
資訊科技, 2011. 07
　　面；　公分. -- (語言文學類 ; PG0575)
BOD版
ISBN 978-986-221-779-5(平裝)

851.486　　　　　　　　　　100010760

讀 者 回 函 卡

感謝您購買本書，為提升服務品質，請填妥以下資料，將讀者回函卡直接寄回或傳真本公司，收到您的寶貴意見後，我們會收藏記錄及檢討，謝謝！如您需要了解本公司最新出版書目、購書優惠或企劃活動，歡迎您上網查詢或下載相關資料：http:// www.showwe.com.tw

您購買的書名：＿＿＿＿＿＿＿＿＿＿＿＿＿＿＿＿＿＿＿＿＿＿＿＿＿

出生日期：＿＿＿＿＿年＿＿＿＿＿月＿＿＿＿＿日

學歷：□高中 (含) 以下　　□大專　　□研究所 (含) 以上

職業：□製造業　□金融業　□資訊業　□軍警　□傳播業　□自由業
　　　□服務業　□公務員　□教職　　□學生　□家管　　□其它＿＿＿

購書地點：□網路書店　□實體書店　□書展　□郵購　□贈閱　□其他

您從何得知本書的消息？

　□網路書店　□實體書店　□網路搜尋　□電子報　□書訊　□雜誌
　□傳播媒體　□親友推薦　□網站推薦　□部落格　□其他＿＿＿＿＿＿

您對本書的評價：（請填代號　1.非常滿意　2.滿意　3.尚可　4.再改進）

　封面設計＿＿　版面編排＿＿　內容＿＿　文／譯筆＿＿　價格＿＿

讀完書後您覺得：

　□很有收穫　□有收穫　□收穫不多　□沒收穫

對我們的建議：＿＿＿＿＿＿＿＿＿＿＿＿＿＿＿＿＿＿＿＿＿＿＿

＿＿＿＿＿＿＿＿＿＿＿＿＿＿＿＿＿＿＿＿＿＿＿＿＿＿＿＿＿＿

＿＿＿＿＿＿＿＿＿＿＿＿＿＿＿＿＿＿＿＿＿＿＿＿＿＿＿＿＿＿

＿＿＿＿＿＿＿＿＿＿＿＿＿＿＿＿＿＿＿＿＿＿＿＿＿＿＿＿＿＿